Petruta Ritter

Westwind

Petruta Ritter

Westwind

Liebe Leser,

bevor Sie das Buch beginnen zu lesen, möchte ich einige Worte zum Titel sagen. "Westwind", damit ist nicht der Wind als solches gemeint, sondern es war eine geheime Form der Verständigung unter uns jungen Mädchen in Rumänien, die ein mögliches Treffen mit einem Westeuropäer beschrieb. In der damaligen Zeit war es strengstens verboten, solche Kontakte zu pflegen und wenn es doch ab und zu geschah, waren die Konsequenzen für denjenigen fatal. Daher erfanden wir dieses Codewort.

Impressum

Copyright 2015 Petruta Ritter
Bildnachweis: fotolia- ecco
Lektorat und Satz: Premieren-Verlag, 91541 Rothenburg
Herstellung und Verlag:
BoD - Books on Demand, Norderstedt
ISBN 9783734778360

Erschienen bei books-on-demand

Glück, was bist du eigentlich?
Bist du ein Vogel mit bunten Flügeln?
Ein launiges Gefühl?
Vielleicht ein Zustand der Befreiung aller Ängste?
Oder ein Geschenk des Lebens?
Das uns nur gelegentlich zuteilwird?
Oftmals lässt du dem Einsamen
Der nach dir sucht
Sich an deinem Zaubertrank berauschen
Versucht er, darin schwelgend,
sich fest an dich zu binden?
Dem entfliehst du mit gellendem Spott
In deine unsichtbare Welt zurück.
So bitter deine Flucht erscheint
War es doch gnadenreich.
Glück, mit zitternden Händen
für Augenblicke festzuhalten
macht die Seele nicht reicher.
Nur für den, der das nie erreicht
Bleibt es das Erhabenste.
Verzehrende Sehnsucht nach Glück.

Woran man sich erinnert, das kann nicht verloren gehen.

Siegfried Lenz

Gruß aus dem Jenseits

Über fünfundzwanzig Jahre sind vergangen, seit ich meinem Heimatdorf Lunca in Rumänien zum letzten Mal einen Besuch abgestattet hatte. Vieles, ja eigentlich alles, veränderte sich seitdem. Ich hatte mir vorgenommen, einen ganzen Tag in diesem Dorf, das mir so fremd und doch so vertraut war, zu verbringen, um in Gedanken meine Kindheitserinnerungen einzuordnen. Ich parkte mein Auto am Rande des Waldes, kurbelte das Seitenfenster hinunter und atmete tief die aromatisierte Morgenluft ein, die die Akazienblüten großzügig in die Atmosphäre versprühten. Der Duft der wohlriechenden Kräuter, die noch im Morgentau badeten, kokettierte mit den ersten Sonnenstrahlen, die offensichtlich ihre Freude an diesem lieblichen Spiel hatten. Ich verweilte eine Zeit lang an diesem Platz und blickte in alle Richtungen, soweit meine Augen den Horizont erfassen konnten.

Vor mir stand, mit großen blauen Buchstaben geschrieben, die Ortstafel „Lunca". Vor fünfundzwanzig Jahren gab es diese Tafel nicht, zumindest kann ich mich nicht daran erinnern. Die Menschen in der gesamten Umgebung wussten auch ohne Ortsschild, wie die Ortschaften, in denen sie wohnten, hießen. Doch ich hatte ein Ziel: ich wollte durch das Dorf, zirka einen Kilometer lang, bis zu meinem Geburtshaus fahren. Mein Herz fing zu rasen an; ich versuchte, die Morgenluft tief einzuatmen, um die innere Ruhe wieder herzustellen. Die Gedanken kreisten ohne Rast in meinem Geist umher. Vor mir lag der Ort, mit dem alle meine Kindheitserinnerungen verbunden waren. Der Wagen auf der asphaltierten Straße fing langsam zu rollen an. Eine asphaltierte Straße kannte ich damals vor mehr als dreißig Jahren nicht. Es fuhr auch nur selten ein Auto auf der holprigen, staubigen Straße und für uns Kinder und Jugendliche waren sie eine willkommene Abwechslung in dem beschaulichen Dorfleben.

Ich erwartete bei meiner Durchfahrt die wilde Schönheit der hügeligen Landschaft und die ungestörte Natur wieder um mich zu erleben. Das kleine Rinnsal mit seinen hohen Ufern zu sehen, das unser Badeplatz im Sommer gewesen war, und bekannten Gesichtern zu begegnen.

Doch alles schien so fremd zu sein, als hätte ich hier nie gelebt. Ich fuhr langsam weiter und nach einem Kilometer, bog ich links ab, den kleinen Hügel hinauf, auf einem Landweg, der Einzige, der so geblieben war, wie ich ihn in Erinnerung hatte. Die sandige Landschaft rundherum lag in ihrer ganzen Spätfrühlingspracht; ich brachte den Wagen zum Stehen und betrachtete mit einer tiefen Nostalgie den kargen Boden, auf dem genügsame, kleine Blümchen und wilder Knoblauch reichlich wuchsen. Schare von Schmetterlingen tanzten freudig über den wohlriechenden, vielfältigen Blumen. Es waren emotionale Augenblicke, jedoch nicht explosive. Ich stieg aus dem Auto und blickte auf die Erde, als wollte ich meine Spuren von damals entdecken, während ein ulkiges Murmeltier mit seinem hellen Geschrei für einige Augenblicke meine Gedanken unterbrach.

Im Gegensatz zu mir sind diese Tiere ihrer Heimat treu geblieben. Ich suchte weiter nach meinen Spuren, doch sie blieben unsichtbar, tief in der Erde begraben und verwest. Rechts des Weges, am Fuße eines etwas steileren Hanges, bemühte ich mich vergeblich, das Haus mit dem Schilfdach, in dem ich geboren wurde, zu sehen. Der eingezäunte, große Garten mit seinen Weinstöcken, Obstbäumen und allerlei Gemüse war nicht mehr zu erkennen. Nach dem Ableben meiner Eltern stand das kleine Anwesen nicht mehr im Besitz der Familie. Mein Bruder, der genauso wie ich woanders seine Existenz aufgebaut hatte, verkaufte das Objekt. Hundegebell hallte bis zu mir her und etwas neugierig geworden, wagte ich einige Blicke zu dem für mich fremd aussehenden Haus, während die Tränen mein Gesicht zu überschwemmen drohten.

Der Hund, an einer kurzen Kette angebunden, brach mir das Herz. Die Tiere hatten es nie gut in dieser Gegend und offensichtlich war diesbezüglich alles so geblieben wie es einmal war. Das kleine, einfache Haus meiner Kindheit mit all dem, was mich verband, gab es nicht mehr. Nachdenklich ging ich noch eine Weile, dort, wo ich als Jugendliche gern gewesen war, und in der Stille der Landschaft ließ ich mich von der Träumerei verführen, um allen negativen Eindrücken aus meinem Bewusstsein auszuweichen. Plötzlich stellte sich ein Glücksgefühl ein und etwas Außergewöhnliches umhüllte mein Wesen. Einige

Meter von mir entfernt lag ein großer Felsen, der wie eine Säule inmitten einer Schlucht hervorragte. Wie unter Hypnose blickte ich auf die Spitze des Felsens und spürte, wie mir ein Schauer über den Rücken lief, als würde ich begreifen, dass etwas Besonderes passieren würde: aber ich wusste nicht was.

Ich wollte dem Gefühl der Ohnmacht entfliehen, aber ich stand wie gelähmt da, unfähig mich zu bewegen. Mit einem Mal setzte ein Flimmern in der Luft ein und eine fast konturlose Wolke flog mir sanft entgegen. Ich starrte in die Wolke hinein, die eine angenehme Wärme ausstrahlte, und wie durch Zauberei nahm sie mir die Angst. Ich wollte hinlaufen, die Wolke anfassen, doch mein Körper befand sich nach wie vor in einer totalen Starre. Plötzlich vernahm ich die Stimme einer Frau, dessen Gestalt mitten in der Wolke schwebte und nur schwer erkennbar war. Was ich in diesen Augenblicken erlebte, war mit nichts zu vergleichen. Es war ein Phantombild, das sich außerhalb der realen Welt bewegte, das mehr der Phantasie zuzuschreiben war, eine imaginäre Erscheinung, eine Einbildung, würde man sagen.

Aber ich hatte in der undeutlichen Gestalt eine Frau gesehen und glaubte, ihre Stimme gehört zu haben. Sie nahm mir die Angst, die mich überwältigte hatte! Als Kind las ich von Geistern und dass sie tatsächlich existieren, aber nur für bestimmte Menschen sichtbar sind, doch diese Märchenerzählungen ließ ich in der Märchenwelt ruhen.

Und nun soll es doch anders sein?

Während ich angstfrei auf die Frauengestalt blickte, überkam mich ein unbeschreibliches Gefühl der Vertrautheit.

Die braunen Naturwellen, die helle Haut des Gesichtes, eine zierliche Figur, aber vor allem die sanfte Stimme, die Stimme, die ich seit vielen Jahren nicht mehr gehört hatte und doch in meinem Gehör für immer gespeichert war, berührten mich. Aber ich verstand ihre Worte nicht und ich versuchte, mich aus meiner Starre zu befreien, um ihr entgegen zu laufen. Auf einmal verstand ich deutlich ihre Worte: „Nein, bleib dort wo du bist! Ich bin deine Mutter und ich bin glücklich, dich in dieser heimatlichen Gegend gesehen zu haben, leb wohl, mein Mädi!"

Ich machte einen letzten Versuch zu meiner Mutter hinzugehen, ich wollte sie umarmen, ihr sagen, wie leid es mir tat, dass ich sie, nachdem ich das Heimatland verlassen hatte, lange Zeit nicht mehr besucht hatte und auch auf ihrem letzten Weg nicht dabei gewesen war. Doch sie verschwand mit der Wolke, sanft und lautlos, so wie sie gekommen war. Sie hat mir meine unschönen Taten verziehen. Oder vielleicht war sie mir niemals böse?

Ich konnte wieder meine Beine bewegen, doch eine Unruhe durchflutete meinen Körper. Nur mit großer Anstrengung blieb ich ruhig. Verunsichert blickte ich durch die Gegend, die auf einmal so aussah wie in den Jahren meiner Kindheit. Bildete ich mir alles ein? Ich setzte mich auf den sandigen Boden nieder und atmete tief die warme, würzig duftende Luft ein und bemühte mich, die Verbindung zu der realen Welt zu bewahren. Ich konnte mir die Erscheinung meiner Mutter nicht erklären und wollte mit jemandem darüber reden. Doch die Angst ausgelacht zu werden, hielt mich vor meinem Vorhaben ab. Nach kurzem Zögern fuhr ich an den Rand des Dorfes, wo der kleine Bach unspektakulär und wasserarm durch die gleichen, hohen Uferwände wie seit seiner Entstehung floss, bis zur Mündung in die Donau.

In der Sommerzeit, während wir als Kinder unbeschwert in den feinen Sand unsere Burgen bauten, wuschen die Mütter in dem sauberen, lauwarmen Wasser, die gröbere Wäsche: es waren Fleckerlteppiche und Arbeitskleider, die viel Wasser zum Reinigen brauchten und anschließend auf den niedrigen Sträuchern zum Trocknen aufgelegt wurden. Angesichts dieser Bilder, die in meinem Kopf schwirrten, übersah ich einige Dorfbewohner, die an mir vorbei gingen und mich mit einer übermäßigen Neugier betrachteten. Es waren junge Menschen, die nicht wissen konnten, wer ich war und dass vor langer Zeit auch ich in diesem Fluss gespielt hatte und meine Eltern Mitbewohner dieser Dorfgemeinschaft gewesen waren. Nun wurde mir bewusst, dass unser Haus einen wunderschönen Blick auf die umliegenden Weingärten hatte und vom Fluss trennten uns nur zweihundert Meter. Auch meine Mutter wusch die selbstgewebten Teppiche in dem kleinen Fluss und wiederum schwebte ihre Gestalt wie durch einen Nebelschleier vor meinen Augen, als wollte sie mir meine Kindheitserinnerungen noch deutlicher er-scheinen lassen.

Nun, es war mir bewusst, dass der Verstand einem Menschen manches vortäuschen konnte und doch fiel es mir schwer zu glauben, dass die gerade erlebten Dinge nur Einbildung waren. Die graue Wolke, in deren Mitte die Gestalt meiner Mutter schwebte, war so wirklich, so echt, wie der feine Sand des Flusses, auf dem ich saß. Ich fühlte ihren gütigen Blick, ihre tiefe Mutterliebe – doch mein Wunsch zu ihr hinzulaufen, sie zu berühren, blieb mir unerfüllt.

Ich musste fort von diesem Platz. Meine Blicke zogen über den Hang, über die ganze Gegend - und ich spürte wie ein tiefer Schmerz mein Ich durchströmte. Ich beschloss wegzufahren, doch es plagte mich das schlechte Gewissen, meine Mutter alleine zurück zu lassen. Ich fuhr zu dem anderen Ende des Dorfes, wo eine kleine Kirche den Menschen an den Sonntagen etwas Abwechslung brachte.

Gleich daneben befand sich der Friedhof, wo auch meine Eltern begraben waren. Ich suchte ihr Grab, das ich gleich fand. Das Areal des Friedhofes war klein und die Gräber zum Großteil ungepflegt. Ich hatte nie zuvor das Grab meiner Eltern besucht, jedoch instinktiv ging ich, wie ferngesteuert, in die richtige Richtung und blieb vor einem mit schmiedeeisernem Zaun umgebenen Grab stehen. Auf dem ebenfalls schmiedeeisernen Kreuz standen die Namen meiner Eltern: Ilinca und Johan Rusù-Nischner. In diesem Augenblick kamen mir die Geschehnisse, die ich vorher erlebt hatte, unbegreiflich vor. Die Gebeine meiner Mutter lagen hier in der Erde, doch ich sah sie kurz zuvor in einer Wolke umhüllt, so wie sie im Leben war. Sie hatte zu mir gesprochen, doch berühren durfte ich sie nicht. Ich weiß, dass das, was ich erlebt hatte, nicht von dieser Welt war. Und ich wünschte unsichtbar in diesem Friedhof verweilen zu können, denn ich hatte keine Lust mit jemandem darüber zu reden. Ich setzte mich auf einen danebenliegenden Stein, ohne die Umgebung wahrzunehmen. Es wurde später am Nachmittag und ein paar Sonnenstrahlen versuchten sich durch das Geäst eines Lindenbaumes zu drängen. Plötzlich wurde mir bewusst, dass ich Stunden dort verbracht hatte und wenn auch kein Mensch in meiner Nähe war, spürte ich, dass ich nicht alleine war. Ich empfand es als Privileg, dass ausgerechnet mir das Erlebte und das Geschehene zuteilwurde, wenn ich auch dafür noch immer keine Erklärung hatte.

In dieser Zeit fielen alle Sorgen und bedrückende Gedanken von mir ab. Die Wildnis dieses Friedhofes hatte eine heilende Wirkung auf mich. Mein Bewusstsein suggerierte mir, über die Welt, in der Geister leben – wenn man soll will – nicht allzu viel zu grübeln: so etwas wäre für mich als irdisches Wesen nicht zu verkraften. Ich machte einen Rundgang durch die verlassen wirkenden Gräber und entdeckte auf einem Holzkreuz den Namen eines Cousins von mir: Victor, gestorben im Alter von zweiunddreißig Jahren. Darüber hatte mir meine Schwester berichtet. Er starb bei einem Arbeitsunfall, war gerade fertig mit seinem Studium als Diplom-Ingenieur und arbeitete seit kurzer Zeit in einem großen Werk. Neben seinem Namen standen auch die Namen seiner Eltern, die nur zwei Jahre nach dem Verlust ihres Sohnes an gebrochenem Herz starben. Ich verweilte einige Minuten vor diesem Holzkreuz, bevor ich noch ein letztes Mal zum Grab meiner Eltern ging, um mich zu verabschieden. Und wieder spürte ich, wie die Luft heißer wurde und mich ein seltsames Gefühl des Wohlbehagens überkam.

Es war so, als würde ich mich von meinem Körper entfernen und hatte dabei keine Macht, dies zu verhindern. Mit großer Anstrengung begann ich meine Beine zu bewegen, pflückte einige wild gewachsene Blumen abseits des Friedhofes und legte diese anschließend auf das Grab.

Im fahlen Licht des Abends ging ich wortlos durch die klagenden Gräber, die auf einmal ein gespenstisches Aussehen bekamen. Meine Eltern blieben zurück, doch ich war nicht traurig. Ich fühlte mich von Wärme umhüllt und unsichtbare Kräfte beschützten mich. Vor meinen Augen flimmerte wieder die Wolke, in der meine Mutter zuvor erschienen war, doch dieses Mal verschwand sie gleich. Etwas unruhig blickte ich um mich, konnte aber nichts Außergewöhnliches entdecken. Ich fuhr noch einmal durch den Ort, blieb kurz vor der Schule stehen: ein altes, sehr reno-vierungsbedürftiges Gebäude, wo ich meine vier Volksschulklassen verbrachte. In diesem Augenblick kam mir meine Lehrerin in Erinnerung: eine Frau von seltener Schönheit, zumindest sah ich sie damals so. Ihr schwarzes, in lässigen Dauerwellen fallendes Haar, ihre schwarzen Augen, ein durch und durch gut geformter Körper, ließ sie wie ein Bild erscheinen. Ob sie noch am Leben war? Wohl kaum und wenn ja, dann musste sie schon sehr alt sein. Alles Vergangenheit...

Es wurde langsam dämmerig und die ganzen Aufregungen, der ständige Wechsel der Gefühle, die unbegreiflichen Ereignisse machten mich müde. Ich beschloss, den Ort zu verlassen und fuhr die sieben Kilometer bis zu meiner Schwester. Wir verbrachten die halbe Nacht mit Erzählungen über unsere gemeinsame Kindheit, über unser Elternhaus, das nicht mehr existierte und über viele unwichtige Erinnerungen, die uns mit einem Mal so wichtig vorkamen, dass wir sie immer wieder hervorholten. Meine Gedanken schienen sich im Kreis zu bewegen. Die Vergangenheit drängte sich in die Gegenwart und hielt mich fest in ihrem Bann. Mir war danach, ein Gebet laut auszusprechen, in dem absoluten Glauben, dass der Geist meiner Mutter mich hören würde. Ich bat meine Schwester Geta mit zu beten, ein Gebet, das ungefähr so lautete: „Umfassender Geist, ich bitte dich, verleih´ mir Kraft und Zuversicht! Lenke meine Schritte in die richtige Richtung und begleite mich auf meinem Lebensweg. Für deine Güte und deine Segnungen danke ich dir."

Mir wurde klar, dass diese Reise, die ich in meine frühere Heimat unternahm, mir viel seelische Kraft abverlangte.

Nachdem meine Schwester und ich das Gebet laut aussprachen, fühlte ich mich von einer durch-dringenden Wärme umschlossen – es war angenehm, aber ich konnte darüber nicht reden. Es war eine

Mitteilung – nur für mich bestimmt. Mein Gesicht entspannte sich, ich schöpfte Kraft und war angstfrei. Dann ging ich zum Fenster, richtete meinen Blick zum Himmel hinauf und eine kleine Wolke tauchte am Horizont auf. Mein Atem wurde tiefer und langsamer, als ich mich für ein neuerliches Zusammentreffen mit meiner Mutter vorbereitete. Meine Schwester folgte mir zum Fenster. Sie konnte aber nicht begreifen, was mit mir los war. Ich wirkte auf sie abwesend. Auch ich konnte sie für einige Augenblicke nicht wahrnehmen. Die kleine Wolke, die offensichtlich nur ich sah, lehnte sich an die Horizontkante und eine Frauengestalt war zu erkennen. So wie schon dreimal zuvor, verschwand plötzlich die Wolke und damit auch die Frauengestalt, die ich in diesem Moment nicht identifizieren konnte. Ich erwachte aus meiner Starre als wäre nichts gewesen und versuchte mir einzureden, dass mir doch eine Sinnestäuschung einen Streich spielte. Ich konnte und wollte meiner Schwester nichts davon erzählen. Was ich erlebte, betraf mich ganz alleine und ich betrachtete diese übersinnliche Begegnung mit Ehrfurcht. Ich konnte mit meinem Verstand nicht begreifen, was alles real sein sollte und doch spürte ich instinktiv, dass es etwas Höheres gab, das mich auf einmal klein und unbedeutend erscheinen ließ. Gänsehaut überkam mich. Ich blickte in den dunkelblauen Nachthimmel mit seinen funkelnden Sternen, während die Gedanken wie in einem Wirbelsturm meinen Geist durcheinander beutelten. Irgendwann weit nach Mitternacht ging ich schlafen. Meine Schwester blätterte noch einige Zeit in einem Buch, bis sich der ersehnte Schlaf zuverlässig meldete.

Am nächsten Tag, im Licht der Morgendämmerung, öffnete ich das Fenster meines kleinen Zimmers und ließ die frische Morgenluft herein, die einen lieblichen Duft von Gartenblumen zu mir wehte. Das Haus meiner Schwester lag auf einer Anhöhe, so dass ich hinunter zu dem Schulgebäude, wo ich meine fünf Jahre Gymnasiumzeit verbracht hatte, blicken konnte. Die parkähnliche Anlage mit hohen Rotbuchen und Ahornbäumen schien so, als hätte sie sich seit meiner Schulzeit nie verändert. Alleine der Zaun rund um das Grundstück war zum Großteil verfallen und offensichtlich störte sich niemand daran. Ich wollte noch eine Zeit bei meiner Schwester verweilen, bevor ich die Rückreise in meine zweite Heimat, wo ich seit vierzig Jahre lebte und mich mit ihrer Kultur- und Lebensgewohnheit gänzlich identifizieren konnte, antreten wollte. In Rumänien hatte ich meine Kindheit und einen Teil meiner Jugend verbracht und wenn es auch vielleicht merkwürdig klingen möge, fühlte ich mich hundertprozentig in Österreich daheim. Meine Wurzeln liegen in Rumänien, jedoch die Baumkrone mit ihrem dichten Geäst wuchs in das Licht der österreichischen Sonne.

Als meine Augen sich an das Tageslicht besser gewöhnt hatten, wandte ich meine Blicke an die Kante eines Hügels, um das weit ausgedehnte Tal besser zu überblicken. Die orangene Farbe des Himmels, als hätte sich ein Feuer entbrannt, überdeckte die morgengraue Farbe des beginnenden

Tages und wie in einem mystischen Spiel, in faszinierendem Farbwechsel, in Minutenschnelle, in allen Nuancierungen, vollzog die aufgehende Sonne ihr geheimnisvolles Ritual. Einige Minuten später bedeckte eine kleine, hellgraue Wolke die aufsteigende Sonne. Ich starrte die Wolke an, sie wärmte mich. Plötzlich tauchte eine Frauengestalt in der Mitte der Wolke auf: ich fühlte eine Leere in mir, als würde ein Stück von mir fehlen.

In diesem Augenblick rief eine Stimme, die aus der Wolke kam, sanft meinen Namen: „Aurora". Ich hielt meinen Kopf ziemlich verwirrt in den Händen, wollte weg vom Fenster, um meiner Schwester Geta von der Begegnung zu erzählen. Jedoch meine Füße trugen mich keinen Millimeter weiter, ich war wie gelähmt und starrte die Frauengestalt in der Wolke an, die mir etwas sagen wollte. Die Wärme, die zu mir her strahlte, drang tief in meine Seele. Mein Blick heftete sich an die Wolkengestalt und mein Gesicht war bewegungslos. Unsagbares Glück erfüllte mein Herz, als ich erkannte, dass sich die Wolkengestalt zum wiederholten Mal als meine Mutter zeigte. Ich vernahm deutlich einige Worte, die meine Mutter zu mir sprach: „Ich freue mich auf unser nächstes Wiedersehen, in der überirdischen Welt." Leise und in Sekundenschnelle verschwand die Wolke, die die Gestalt meiner Mutter umhüllte, irgendwohin in die Unendlichkeit des Alls. Könnte auch diese Begegnung ein Zufall gewesen sein, die viel mehr der Fantasie zuzuschreiben war? Nein ist meine Antwort. Vielmehr denke ich, dass die Sehnsucht nach meiner Mutter das schlechte Gewissen, das mich jahrelang plagte, soviel Energie in Bewegung brachte, bis hin zu ihrer Seele, die auf eine unbegreifliche Art und Weise mir erschien, um mich zu beruhigen. Jetzt wusste ich: sie war mir nicht böse.

Ich stand noch immer beim offenen Fenster, während eine kühle Brise sanft durch meine Haare wehte. Eine friedliche Stille breitete sich über den kleinen Hang aus und ich konnte mich wieder normal bewegen. Die kleine Stadt Bujor erwachte langsam in dem Schoß dieser Stille, die nach und nach dem Lärm des Tages Platz machte. Die Stimme meiner Schwester rief nach mir: „Frühstück steht auf dem Tisch, Aurora!" Ich war glücklich und erleichtert zugleich. Schöne Gefühle – wenn man versucht, diese mit Worten zu beschreiben, kommt man schnell darauf, dass der Wortschatz doch zu arm dafür ist. Wir saßen eine Stunde beim runden Holztisch in dem kleinen Esszimmer und aßen Sandwiches. Der heiße Kaffee verbreitete einen angenehm anregenden Duft im Zimmer. Dabei erzählte ich meiner Schwester, was mich in meinem alten Heimatdorf beeindruckt hatte: etwa die etwas modern aussehenden Häuser und die paar Autos dazwischen, die für mich fremd anmuteten, weil es in meiner Jugendzeit so etwas nicht gab, über meinen Besuch auf dem Friedhof, wo sich das Grab meiner Eltern befand, der Schule und das Elternhaus, das an nichts mehr erinnerte, das aber unser Geburts– und Kindheitshaus gewesen war. Nur über meine außergewöhnlichen Erscheinungen erzählte ich nichts. Es war mein Geheimnis und so wollte ich, dass es blieb. Außerdem fürchtete ich, dass mir nicht geglaubt würde – noch schlimmer: dass sie mich für eine Fantastin halten würden.

Ich blieb noch zwei Tage bei meiner Schwester, bis ich die Rückreise antrat - wie von einer magischen Kraft immer weiter fortgezogen, hin zu meiner anderen Heimat Österreich, die ich als meine eigentliche Heimat betrachtete. Meine Schwester blieb etwas traurig zurück, jedoch versprach sie mir zuvor, mich im nächsten Jahr besuchen zu kommen. Das machte den Abschied etwas leichter. In meinem Kopf schwirrten zahllose Gedanken, die nachließen, als ich mich deutlich der österreichischen Grenze näherte. Nach stundenlanger Fahrt endete meine Reise – ich war daheim und hier würde ich bleiben, bis die Zeit für mich kommt, ins Reich der unsterblichen Seelen zu wechseln. Diese Reise in meine alte Heimat hatte mich stark und mutig gemacht, mir ungeahnte Zuversicht verliehen. Es vergeht nach wie vor kein Tag, an dem ich nicht an meine verstorbene Mutter denke: sie hat mir gezeigt, dass der irdische Tod tatsächlich nur ein „Hinübergehen" ist, in eine andere Sphäre, die uns auf dieser Erde unbegreiflich bleibt.
Die Seele stirbt nie!

Wenn es einen Glauben gibt, der Berge versetzen kann, so ist es der Glaube an die eigene Kraft.

Maria von Ebner-Eschenbach

Westwind

Die alte Straßenbahn mit ihren unzähligen Rostflecken glitt gemächlich durch vier Stationen der Traian–Straße, Richtung Stadtzentrum. An jeder Station hielt sie an, wo ein Teil der Passagiere ausstieg, andere dagegen – mit hastigen Bewegungen – sich hineindrängten, um einen Stehplatz am Fenster zu erlangen. Im Sommer waren die länglichen Fenster des museumsreifen, kleinen Monsters bis zur Mitte offen: der relativ kleine Raum war hoffnungslos überfüllt, doch diejenigen, die mitfahren konnten, waren gut aufgelegt, ja sogar glücklich, doch noch einen Stehplatz gefunden zu haben. Die Straßenbahn – neben einigen Wolgataxis – war die einzige Fahrmöglichkeit in der rumänischen Stadt Galati. Michaela schaute durch das Fenster hinaus, um die bunten Wände der Vorstadthäuser, die sie so lustig fand, zu bewundern. Sie stammte aus Klausenburg (Cluj), und lebte nun in Galati, um in dem postlizealen, medizinischen Institut zu studieren: Apothekerin wollte sie werden.

Aus der Gegenrichtung fuhr auf dem nebenan liegenden Gleis die Zwillingsschwester Michaelas Straßenbahn ein, ächzend unter der Last der vielen Menschen.

„Hallo Sina!", rief sie ihrer Freundin zu: „Heute weht Westwind! Wir sehen uns im Institut – ciao!"

Im Lehrsaal sprach der Professor leise und fließend, seine monotone Stimme wirkte auf uns einschläfernd.

Michaela hatte sich schon zweimal dabei ertappt, mit den Gedanken irgendwo anders zu sein, sie befand sich in einem Traumzustand. Doch nun musste sie wach werden. Die Situation war blamabel genug für sie, denn sie nahm zuvor keine Notiz von dem, was der Professor sprach. Vor ihr, etwas weiter vorne, saß Sina, ihre beste Freundin, die sie vorher in der Straßenbahn begrüßt hatte. Ihr Gesicht konnte sie nicht sehen, doch sie merkte, dass auch Sina dem Vortrag des Professors nicht aufmerksam folgte. Den Anatomieunterricht hatten sowohl sie als auch Sina verschlafen. Ihr war danach zum Lachen zumute, aber sie musste diese unmanierliche Haltung unterdrücken. Sie wollte doch Apothekerin werden, das war ihr Wunsch, deswegen kam sie von dem weit schöneren Klausenburg hierher nach Galati.

Michaela schob Sina einen Zettel zu, darauf stand eine kurze Mitteilung: „Ich freue mich heute Abend auf den Westwind. Vielleicht wird auch für dich derselbe Wind wehen. Die Anatomie kann noch warten!" Der Professor, der zugleich Institutsdirektor war, bemerkte die Unaufmerksamkeit der zwei jungen Frauen, hob streng die Stirn und warf unfreundliche, ja fast strafende Blicke auf sie. Michaela nahm sich zusammen und fing an, in ihrem Heft etwas zu kritzeln, doch der Unterricht war fast zu Ende. Der Professor verbeugte sich, seine Schüler standen auf, applaudierten und gingen in die Pause hinaus.

Michaela ging die paar Schritte nach vorne zu ihrer Freundin, die etwas nachdenklich da saß und mit einem lächelnden Gesicht schien sie sich über etwas zu freuen, was nur in ihrer Fantasie existierte. „Sina, wach auf! Es ist bald Mittag! Komm lass uns hinausgehen." Heute hatte sie ein neues Sommerkleid angezogen, ein helles, klein Geblümtes mit einem etwas gewagten Dekolleté, das ihre schöne Haut um den Hals noch deutlicher zum Vorschein brachte. Sina packte ihre Hefte in einer dunkelroten Ledermappe zusammen und ging gemeinsam mit Michaela in den Hof hinaus, wo sich alle anderen Kolleginnen befanden. Die zwei Freundinnen unterhielten sich über die bevorstehenden Prüfungen, dass es noch sehr viel zu lernen gab und dass sie dieses Examen unbedingt positiv abschließen wollten. Im Falle eines „Ungenügend" bestand die Möglichkeit, die Prüfungen im Herbst zu wiederholen, doch gerade das wollten sie vermeiden. Nach einer Viertelstunde Pause sammelten sich die jungen Frauen in dem Labor des Instituts. Am Plan standen einige Experimente, die von einer Chemieprofessorin durchzuführen waren. Nicht gerade beliebt war die Professorin: ihre Arroganz übertraf jedes Maß an Erträglichem; sie war wer in dieser Stadt: ihr Mann war Gerichtsvorsitzender, ein gewichtiger Mann sozusagen, nach dem Sicherheitsdienstchef der zweitmächtigste Mann in Galati.

Es war so im kommunistischen Rumänien. Wer dicht an der Seite des kommunistischen Regimes stand, der hatte Macht, viel Einfluss und ein Leben im Luxus. Diese Leute waren gefürchtet und angesehen zugleich. So auch die Frau Professor Ursu, die eine eher mediokre Intelligenz besaß, die sie mit ihrem guten Aussehen und der Macht ihres Mannes kompensieren wollte. Die Laborstunde verging eher langweilig: einige Reagenzgläser wurden mit irgendwelchen flüssigen Substanzen angefüllt, gut durchgeschüttelt, dann ein paar Sekunden lang ruhig gestellt. Doch Michaela hatte ihre Gedanken ganz woanders. Am Abend im Kaffeehaus „Corso" hatte sie sich mit „Westwind" verabredet. Das erzählte sie auch ihrer Freundin Sina - die einzige Person, der sie vertraute. „Wir fahren jetzt nach Hause", sagte Michaela. „Um 18:00 Uhr kommt Cles, ein blendend aussehender Holländer, und ich möchte, dass du zumindest in der ersten Stunde dabei bist. Die Sicherheitsdienstbespitzler können wir vielleicht austricksen und ihnen die Beschattung erschweren." „Einverstanden", sagte Sina. „Vielleicht hat er auch einen Freund. Weißt du, Michaela? Diese Männer aus dem Westen lassen uns ein bisschen erahnen, wie das Leben dort ausschaut. Wir wollen unseren innigsten Wunsch – in den Westen zu gelangen, egal wie – nie aus den Augen verlieren. Am besten wäre durch Heirat. Wir haben Zeit und wir vertrauen dem ‚Westwind'."

Michaela wohnte in einer Garconniere im Stadtviertel Mazepa, dessen Wohnungsqualität sich von den anderen Teilen der Stadt etwas abhob. Sina dagegen, wohnte in Untermiete bei einer Familie, wo sie ein einziges Zimmer hatte. Das Badezimmer der Eheleute, die auch zwei kleine Kinder hatten, war stets besetzt.

Sie durfte zum Glück Michaelas Dusche benutzen und kochen taten sie meistens auch gemeinsam.

„Du liebe Zeit! Nun müssen wir gehen! Es ist schon 14:00 Uhr! Lass uns zu Fuß gehen, Richtung Donaupromenade." Am Ufer, aus dem dunklen Schilf, schreckten einige Wasserhühner auf und flogen auf die leise murmelnden Donauwellen. Michaelas Herz war übervoll vor Sehnsucht nach diesem Mann, den sie nur ein einziges Mal in einem Kaffeehaus traf. Sie hatte etwas für ihn übersetzen müssen, da die Verkäuferin nicht verstand, was er meinte. Er konnte gut Deutsch sprechen und auch Michaela beherrschte die deutsche Sprache, da in der Klausenburger Gegend viel Deutsch und Ungarisch gesprochen wurde. Dieser Cles war groß, hatte blondes Haar, eine sportliche Erscheinung, ca. 35 Jahre alt, ein Typ, in den man sich unweigerlich verlieben musste. Diese Begegnung war neu für Michaela; sie schloss die Augen und träumte vom Leben mit Cles, dem blonden Holländer mit graugrünen Augen, irgendwo in einer paradiesähnlichen Gegend in Holland. Genaue Vorstellungen hatte sie nicht. Sie lebte in Rumänien und hier kannte sie nur das dürftige Leben: Jeden Tag vor dem Lebensmittelgeschäft die endlosen Schlangen, um ein Stück Fleisch zu ergattern oder eine Packung Butter. Die Leute wirkten resigniert, wenn sie nach vier, fünf Stunden Wartezeit doch kein Fleisch bekamen. Die Regale waren voll mit Erbsen- und Bohnendosen dekoriert, doch die Hausfrauen konnten dort schon gar nicht mehr hinschauen. Und doch – mangels Alternativen – kauften sie diese

Dosen und versuchten in Kombination mit anderen Gemüsesorten eine Mahlzeit vorzubereiten.

Michaela wollte es anders haben: eine Familie schwebte ihr vor, mit Kindern und eigenem Haus in einem freien Land. Cles konnte ihren Wunsch erfüllen, so dachte sie.

Die Abendsonne warf von der Horizontkante ihre warme Lanze über die dicht stehenden, ungepflegten Wohnblocks der Stadt. Die Leute liefen jeder in eine andere Richtung, sei es um Besorgungen zu erledigen oder nach Hause zu gehen.

Michaela, schön gekleidet, ging in Begleitung ihrer Freundin zum Treffpunkt „Corso", einer Konditorei, die sich im Zentrum der Stadt befand, gleich neben dem Hauptkino. Cles war nicht zu übersehen. In seinem hellblauen Hemd, dunkelblauer Jeans, das Gesicht frisch rasiert: Michaela glaubte zu verstummen und versuchte ihre Verlegenheit zu verdrängen. Sie befeuchtete ihre Lippen und ging zu ihm hin. „Guten Abend! Komme ich zu spät?" „Nein, Sie sind sehr pünktlich!", meinte er und gab ihr die Hand. Ihre leuchtenden Augen, die leicht geöffneten Lippen verzauberten ihn. Sie löste ihre Hand aus den seinen, blickte ihm in die Augen und sagte: „Es ist schön, Sie wiederzusehen!" „Ganz meinerseits, ich habe viel an Sie gedacht!" Sie genoss den Augenblick. „Wollen wir ein bisschen spazieren gehen? Die laue, würzige Luft an der Donaupromenade wird uns gut tun." „Cles! Ich muss Ihnen etwas gestehen…."

„Sag nicht mehr ‚Sie' zu mir, okay?" „Gut, ich habe meine Freundin Sina mitgenommen – darf ich sie dir vorstellen? Du sollst wissen, für uns Rumänen ist es gesetzlich verboten, mit Ausländern aus dem Westen eine Bekanntschaft zu machen, geschweige denn, eine engere Freundschaft zu pflegen. Wenn wir zu Dritt sind, fällt es nicht so auf und somit hoffen wir, dass die Geheimdienstagenten uns nicht so leicht ins Visier nehmen werden." Für Cles klangen ihre Worte unwirklich; er konnte sich nicht vorstellen, dass es so etwas gibt, aber er erklärte sich mit Michaelas Vorschlag einverstanden.

Die Dunkelheit der Nacht ließ auf dem Himmel unzählige Sterne leuchten. Nach einer Stunde verabschiedete sich Sina und ging alleine nach Hause. Michaela fühlte sich im Schutz der Nacht sicherer, sodass ihre Freundin nicht mehr unbedingt dabei sein musste. Sie war glücklich an diesem Abend: noch nie in ihrem so jungen Leben empfand sie so viel Glücksgefühl. Sie setzten sich auf eine Bank, direkt am Ufer: die Donauwellen klangen wie Musik, eine leichte Brise streichelte sanft ihre Gesichter. Cles hob die Hand und strich zärtlich mit seinen Fingerspitzen über ihre Lippen. Ihr warmer Atem elektrisierte ihn. Sein Kopf neigte sich zu ihr, er küsste ihre Wangen, ihren Hals – es folgten leidenschaftliche, nicht endend wollende Lippenküsse. Die Zeit zählte nicht mehr. Alles rundherum war Liebe, so empfand es Michaela und so empfand es Cles. Das laute Gebell eines streunenden Hundes störte die Ruhe dieses Traumes. Erwacht, sagte Michaela: „Ich muss los. Ich muss nach Hause." Die Angst, doch von unzähligen Agenten, die überall unterwegs waren, entdeckt zu werden, kam

zurück. „Ich begleite dich. Oder wir nehmen ein Taxi."
„In das Taxi kann nur ich einsteigen, denn in jedem Taxifahrer steckt auch ein Schnüffler!" „Dann gehen wir zu Fuß!" „Ja, aber benutzen wir die Umwege!" Cles wurde auf einmal bewusst, in welchem verdammten Land das Mädchen lebte. Plötzlich kam er sich schäbig vor, denn er war verheiratet und hatte eine siebenjährige Tochter. Allerdings wusste Michaela nichts davon und er wollte und konnte ihr noch nichts erzählen.

Die Liebe, dachte er, ist Glück, Seligkeit – doch zugleich kann es auch die Hölle sein. Cles sprach ohne Zorn, doch seine Augen drückten Vertrauen und Zuversicht aus; er glaubte daran, einen Weg zu finden, der zu einer glücklichen Lösung für beide führen würde. Ab diesem Zeitpunkt arbeitete sein Hirn nur in diese Richtung; Michaela wurde zur Obsession.

Sie beschlossen, zu Fuß entlang der Donau zu gehen, in die Richtung, wo sich Michaelas Wohnung befand. Sie sprachen nicht viel, es schien so, als würde Cles eine Gottheit darstellen, die Michaela Gedanken pflücken ließen und sie in seinem Gehirn zu speichern, damit er sie später einordnen könnte. Im Stillen beschäftigte er sich auch mit seinen eigenen Gedanken, die schwer auf seinem Gemüt lasteten. Das Gewebe seiner Seele war in einem dünnen Schleier der Traurigkeit gehüllt, obwohl zugleich auch Zuversicht keimte, die ihn auf dem ganzen langen, kämpferischen Weg nicht mehr verlassen würde.

Die Julinacht an dem Donauufer erschien ihm wie eine Verheißung: sie gingen einige Stufen hinauf zu dem Wohnblock, wo sich Michaelas Wohnung befand. Sie standen vor einer großen Tür, die verschlossen war und für die nur die Bewohner einen Schlüssel besaßen. Cles blickte um sich: der Fluss lag tief unten, im Klang der Wellen ständig seinem Weg folgend bis hin zum Schwarzen Meer, um seine Bestimmung zu erfüllen. Er murmelte leise vor sich hin: „Michaela…"
Eine sanfte Brise umwehte seine Körpertiefe, er hatte bis jetzt unbekannte Gefühle. Ihm wurde warm im Herzen. Sie schwiegen: beide waren mit denselben Gedanken beschäftigt. Gedanken können längere und tiefgehende Gespräche führen, ohne Worte zu benutzen. Die Nacht und die Stille waren wohlwollende Zeugen einer sich im Keim befindenden Liebe. Nach einer Weile fragte er fast schüchtern: „Kann ich dich irgendwo telefonisch erreichen?" „Ich besitze in meiner Wohnung ein Telefon, aber es ist nicht ratsam, dass du mich anrufst. Die Gespräche werden abgehört, dass würde mir ungeahnte Schwierigkeiten bringen. Besser ist, wir vereinbaren gleich ein neues Treffen. Am besten bei Dunkelheit und an einem unauffälligem Ort." „Am Samstag um 22:00 Uhr in der Nähe der Schiffswerft!" Das schien Michaela ein geeigneter Platz zu sein. Eine innige Umarmung, ein leidenschaftlicher Kuss und die zwei trennten sich in erwartungsvoller Freude, sich in zwei Tagen wieder zu treffen.

Michaela sperrte die große, nicht gerade attraktiv wirkende Tür auf und ging ins Haus. Sie befand sich in einer Gemütsverfassung, die sie zuvor nicht kannte. In ihrer Wohnung erhoffte sie sich, träumen zu können, um ihren Gefühle freien Lauf zu verschaffen: in ihren vier Wänden, die ihr eine gewisse Sicherheit garantierten, die sie vor der feindseligen Welt draußen beschützte. Michaela sperrte die Eingangstüre ihrer Wohnung auf. Sie dachte doch, dass Cles den Schlüssel zu ihrem Herzen fand, mit dem er rücksichtslos eindrang und sie konnte sich dagegen nicht wehren. Sie lag auf ihrem Doppelbett und sehnte sich unerträglich nach ihm. Zugleich machte sie sich Vorwürfe, warum sie ihn so schnell hatte gehen lassen. Warum hatte sie ihn nicht mit in die Wohnung genommen?

Auch er hatte keinen Versuch gemacht, sie zurückzuhalten oder wenigstens Fragen hätte er können, ob er mit in die Wohnung kommen dürfte. Es waren qualvolle Gedanken und Vorwürfe und sie spürte, dass sie ihn mit jeder Minute, die verging, mehr liebte. Die ganze Nacht hatte sie getobt: ein aufwühlender Kampf der Gefühle, die ihren Willen lahm legte.

Als das Tageslicht ihre kleine Wohnung durchflutete, merkte sie, dass es Zeit war aufzustehen. um ihre täglichen Rituale zu erledigen. Spätestens um neun Uhr musste sie im Institut sein. Sie konnte es sich nicht leisten, den Unterricht zu oft zu schwänzen, rief Sina an und fragte, ob auch sie zum Unterricht kommen würde. Es gab viel zu erzählen, das Erlebte konnte sie nur Sina anvertrauen. Doch die kurzen Pausen zwischen den verschiedenen Disziplinen reichten nicht aus, um alles, was Michaela erlebte, zu erzählen. Daher beschlossen sie, nachmittags in den nahe gelegenen Wald zu fahren, wo sie ihre Geheimnisse offenbaren konnten. Sie streiften durch den Wald, dann setzten sie sich auf einen Baumstamm und nahmen dabei die vielen Schönheiten des Waldes wahr, die ihnen so rätselhaft vorkamen. Die Farbe des Mooses, die Neigung eines Baumstammes fast bis zum Boden - und trotzdem hielt er seine Krone aufrecht -, die kleinen Licht-Schatten-Veränderungen.

In einer mit dichtem Gras bedeckten Lichtung lag ein vom Sturm entwurzelter Baum, dessen Stamm eine glatte, frische Oberfläche hatte. Das war der richtige Platz, wo sich die zwei jungen Frauen frei von Angst beobachtet zu werden, unterhalten konnten. „Weißt du, Sina? Ich glaube, ich spüre langsam die wohltuende Brise des Westwindes. Mehr als je zuvor bin ich mir darüber im Klaren, dass es für mich sehr schwer ist, hier in diesem Land zu leben, wo man sogar beim Luft einatmen Angst haben muss, von einem Geheimagenten beobachtet zu werden." Mit einem etwas angespannten Gesicht suchte sie nach Worten, um ihrer Überzeugung noch mehr Kraft zu verleihen. Sie glaubte fest an das Gelingen ihres Vorhabens. Das konnte man an ihrem lauten Herzpochen entnehmen. Ihre seelische Reinheit durchdrang die sommerliche Luft, ihre Augen leuchteten im Morgentau unter den Sonnenstrahlen, ihr Geist war in Gedanken der Hoffnung versponnen: selbst nach eventuellen Fehlschlägen würde sie diese als Aufforderung für noch mehr Kraftanstrengungen und Willensstärke ansehen. Nach einer kurzen Bedenkzeit sagte sie zu Sina: „Ich würde dich als meine beste Freundin auch nicht zurücklassen. Wir werden der Richtung des Westwindes gemeinsam folgen."

Die Schatten des Waldes, von hellgrauen Wolken vertrieben, hatten sich ins Unterholz zurückgezogen. Michaela und Sina wussten nicht genau, wie lange sie in dem Wald verweilten. Im Schoß des Waldes fühlten sie sich beschützt und gestärkt. Eines hatten sie sich geschworen: sie hatten nie vor, die schönste Blüte ihres Lebens in Rumänien verwelken zu lassen. Die zwei Freundinnen waren so eng verbunden, dass eine ohne die andere nicht existieren konnte. Schon der Gedanke alleine, dass eine in Rumänien verbleiben musste, während die andere das Land verlassen würde, schien ihnen unerträglich. Doch zuerst einmal hieß es, den Samstag abzuwarten, den Tag, an dem Michaela das Treffen mit Cles vereinbart hatte. In ihrem Inneren spross so viel Hoffnung, dass sie sich manchmal ängstigte. Und trotzdem: sie vertraute ihrem Instinkt. Sie irrte nicht, ihre unverdorbene Denkart versprühte Funken der Zuversicht, niemand konnte ihre Überzeugung ins Wanken bringen. Sie war von einer eisernen Entschlossenheit besessen. Sie sah das Ziel vor sich, wenn auch der Weg dorthin mit Hindernissen gepflastert war. Ihr scharfer, jugendlicher Blick sah das Ziel, ohne sich von den Hindernissen betrügen zu lassen. Mit zwanzig Jahren pulsierte ihr Leben wie eine unterirdische Quelle, die an die Oberfläche wollte. Sie wusste, wenn ihre Wünsche wirklich groß genug sind, dann würden sie auch in Erfüllung gehen. Von dieser großen Leidenschaft ergriffen, die sich in ihrem Inneren festsetzte, gab es nur einen Weg: den Sieg!

Michaelas Hoffnung war, Cles würde vielleicht einen Freund haben, dies wäre die angenehmste Möglichkeit, auch für Sina; somit könnten die zwei Freundinnen das gemeinsame Ziel miteinander verfolgen. „Wir müssen kämpfen, Sina! Unsere Freiheit und unser Glück kommt nicht von selbst!" In ihrem Ton lag eine Stärke, die ansteckend wirkte. Sina war froh, Michaela als Freundin zu haben. Alles was sie sagte, war überlegt und bestimmt.

Es schien so, als würde Michaela die ganze Kraft aus ihrer zarten Liebe zu Cles schöpfen. Cles war in ihren Augen sanftmütig, intelligent, sehr überlegen und sehr charaktervoll. Sie wusste, er würde sie niemals enttäuschen.

Der Abend schritt immer schneller voran, es war wohl an der Zeit, diesen gottgesegneten Platz zu verlassen. Irgendwo am Rande des Waldes, wo sich auch ein Gasthaus befand, fuhr alle zwei Stunden ein Bus in die Stadt. Den dicken Baumstamm, der ihnen als freundlicher Sitzplatz diente, ließen sie zurück, mit der festen Absicht, bald wieder hierher zu kommen. Die zwei Frauen richteten sich auf, streckten ihre Arme dem Himmel entgegen, als wollten sie eine Verbindung zum Göttlichen herstellen, zum Universum, das sie als Gotteswerk betrachteten und im Eiltempo gingen sie durch den dicht verwachsenen

Wald zu der Busstation, die etwa einen Kilometer entfernt war, um noch rechtzeitig die letzte Fahrt des Tages zu erreichen. Ihre Blicke drückten Zufriedenheit und Zuversicht aus. Harmlose Wolken bewegten sich unaufhaltsam in eine unbestimmte Richtung: sporadisch konnte sich eine Sonnenlanze durch die Wolkendecke drängen, ehe sie hinter dem Horizont verschwand. Der Linienbus beförderte die letzten Gäste in die Stadt, darunter auch Michaela und Sina. Während der Fahrt, die zirka eine halbe Stunde dauerte, sprachen sie wenig. Vielmehr waren sie mit ihren Gedanken beschäftigt, die öfters von schrillen Stimmen im Bus gestört wurde. Um 19:30 Uhr erreichten sie die Endstation. Michaela hatte ihre Freundin zu sich nach Hause mitgenommen, um gemeinsam etwas zu kochen: sie waren im Einklang mit ihrer Welt, daher auch der Wunsch, gemeinsam den Abend ausklingen zu lassen. Die zwei folgenden Tage brachten eine seltsame Anspannung mit sich: Michaela sehnte sich danach, aus einem Schutz-bedürfnis heraus, das sie vorher nicht kannte, Cles zu berühren. In kürzester Zeit stilisierte sie ihn zu einem fixen und wichtigsten Bestandteil des Lebens. Ihre Schulleistung reduzierte sich auf ein Minimum, die Semesterprüfungen hatte sie noch vor sich, doch ihre Lernfähigkeit war so gut wie nicht vorhanden.

Als hätte Cles Michaelas Empfindungen und Gedanken gespürt, rief er sie am Freitagabend an, ungeachtet dessen, dass sie es ihm verboten hatte. Der laute Ton des Telefons versetzte sie in den Zustand einer Statue: so fühlte sich Michaela in diesem Augenblick. Sie wusste nicht wer anrief, sie ahnte es nur und das machte sie glücklich und ängstlich zugleich. Mit zitternder Hand hob sie den Hörer ab. Die Stimme am anderen Ende des Telefons brachte sie zusätzlich zum Verstummen. „Ich will dich noch heute treffen, Michaela! Ich weiß, es klingt aufdringlich, aber ich muss dich sehen, mit dir reden." Vor seinen Augen schwebte ihre mädchenhafte Gestalt: sie war für ihn die verführerische Sinnlichkeit in einem unverdorbenen Körper. Ihre schwarzen, schulterlangen Haare ließen sie für ihn mal wie eine Hexe, dann wiederum wie eine Heilpraktikerin (Heilerin) erscheinen. Dieses Geschöpf hatte weibliche Reize, die einen Mann widerstandslos machen konnte. Für ihn war faszinierend, wie er sein Leben in völlig neuem Licht sah. Cles war jedoch verheiratet, was Michaela noch immer nicht wusste. Er fühlte sich zu seiner Frau nicht mehr hingezogen, das bedrückte sein Gewissen. Und doch: er vertraute dem Leben, ihm eine gerechte Lösung für seine schwierige Lage, in die er sich selbst manövrierte, anzubieten.

Michaela versuchte einige Worte der Ablehnung zu artikulieren, doch er gab ihr keine Chance nur irgendeinen Satz zu Ende zu sprechen.

„Ich spaziere an der Donauesplanade hin und her und warte auf dich." Das waren seine letzten Worte, ehe er den Hörer auflegte. Michaela zögerte keine Sekunde, zog ein nettes Kleid an, dazu weiße Sandalen, warf über die Schulter eine jugendlich verspielte Tasche und im Schutz der Dunkelheit ging sie etwa zehn Minuten zu der vereinbarten Stelle.

Lavendelblüten, die einen Teil des Hanges bedeckten, der zur Donaupromenade schräg abfiel, verströmten ohne jegliche Anstrengung ihren unverwechselbaren Duft. Vereinzelt begegnete sie verliebten Paaren, die in der romantischen Umgebung Zärtlichkeiten austauschten. Unweit von der Schiffsanlegestation ihr entgegen kommend, sah sie Cles: sie wusste, er würde nicht nur ihr Geliebter werden, sondern geradezu ihr Heiland werden. Ihre Aufregung vermischte sich mit der Angst von Geheimagenten gesehen zu werden. Sie ging einige Schritte hinter einen blütenlosen Fliederstrauch, mit der rechten Hand machte sie eine Bewegung, um ihm zu signalisieren, er solle zu ihr herkommen. Der ersehnte Begrüßungskuss wollte und wollte nicht enden. Ein tiefes Schweigen legte sich über die zwei, alles war ein ausuferndes Gefühl des Verlangens, er presste sich gegen sie und fuhr mit seinen mächtigen Händen, die so zärtlich sein konnten, über ihre Brüste und über ihren Bauch.

Keiner traute sich ein Wort zu sagen, damit diese zauberhaften Momente nicht unterbrochen werden würden. Streicheleien wurden mit Streicheleien beglichen. Sie küsste seinen Hals, während seine Hand über ihren Bauch glitt, bis zu dem etwas gewölbten Venushügel. Das Zittern seines Körpers glich einem Erdbeben der Stärke Acht. Michaela bot ihm verschwenderisch ihre entblößten Brüste, die ihm zusätzlich wie Feuerfunken einheizten. Er hatte das Verlangen, sie zu besitzen, in sie einzudringen, um sich von dieser Hochspannung zu befreien.

„Komm, lass uns zu mir nach Hause fahren. Es ist noch immer sicherer als bei dir. Der Mann, der die Wohnanlage bewacht, wo sich Ausländer aus dem Westen während ihrer Arbeit in Rumänien aufhalten, ist bestechlich. Für einige Dollarscheine wirst du für ihn unsichtbar." Michaela verließ sich ganz auf ihn und willigte ein, mit zu ihm nach Hause zu fahren. Sein Auto, ein gelbes Cabrio, hatte er auf einem bewachten Parkplatz abgestellt, um sicher zu sein, dass er es bei der Rückkehr noch dort findet, wo er geparkt hatte. Auch wenn nicht das ganze Auto gestohlen werden würde, dann fehlten aber mit ziemlicher Sicherheit sämtliche Spiegel, das Radio und was sich sonst noch anbot.

Beim Anblick eines solchen schicken Wagens, schlug Michaelas Fantasie Kapriolen. So einen Luxus kannte kein normaler rumänischer Bürger, so etwas war zu schön, um wahr zu sein. Die Fahrt zu Cles durch die Stadt dauerte zehn Minuten. Sie kannte das Stadtviertel, wo einige Wohnblocks ausschließlich für Ausländer gebaut worden waren, doch sie hatte dort nie etwas zu tun, im Gegenteil: sie vermied so gut es ging, dort hinzugehen, denn gerade dort wimmelte es von Geheimagenten, die genauso bestechlich waren wie der Portier. Sie stiegen aus dem Auto und gingen gemeinsam, als wäre es die selbstverständlichste Sache der Welt, zu der Eingangstüre des Wohnblockes. Es war kurz vor Mitternacht, rundherum war kein Mensch zu sehen. Zwei streunende Hunde kamen auf sie zu, ohne zu bellen und wedelten mit dem Schweif freudig, ließen sich streicheln, dann gingen sie alle ins Haus hinein. Die Hunde bekamen Wurst und Fleischreste und legten sich zufrieden vor der Wohnungstüre nieder, wo sie die ganze Nacht die Wohnung bewachten. Es waren die glücklicheren Hunde, im Gegensatz zu den anderen, die in der Stadt herumzogen, um etwas Essbares zu finden.

„Wollen wir etwas trinken?", fragte Cles.

„Ja, Pepsi Cola bitte!"

„Mit Whiskey?"

„Nein, ich habe so etwas noch nie getrunken!"

Das helle Licht im Wohnzimmer ließ sie schüchtern wirken und doch gerade dieser Habitus von unverbrauchter Frau brachte seine Begierde zu einem Maximum. Das Licht war nicht nur unangenehm, es war vor allem unromantisch. Zum Glück befand sich auf einer kleinen Kommode eine Tischlampe, die gerade so viel Licht ausstrahlte, um sich in dem Wohnzimmer zurechtzufinden. Die Einrichtung war bei Gott kein Luxus, vor allem nicht für die verwöhnten Geschmäcker jener Menschen, die etwas anderes gewohnt waren. Doch Cles war in dieser Nacht so erfüllt von Michaela: er ließ sich von ihrer Ausstrahlung antreiben, als wäre er betäubt. Sie war so jung, so natürlich, so unsagbar schön. Ganz anders als seine Frau in Holland, die ihm mit ihren achtunddreißig Jahren alt und hässlich erschien. Michaela war nicht einmal zwanzig. Cles hatte einen sonderbaren Gesichtsausdruck während er Michaela betrachtete: Begehren vermischte sich mit Bewunderung; sie war hinreißend anregend, sie war die personifizierte Sünde. Seine verkrampfte Beherrschtheit löste sich plötzlich, er hatte das Bedürfnis sie anzufassen, zu berühren, ihre Brustwarzen, ihren Bauch zu streicheln. In einem Wohlgefühl des Begehrtwerdens bewegte sich Michaela zu ihm hin, leise stöhnend. Mit seinen muskulösen Armen trug er Michaela ins Bett. Das Zimmer war mit ihrem zarten, frischen Duft, der wie ein Narkotikum auf seine Sinne wirkte, erfüllt. Es tat ihm unendlich gut, von diesem Geschöpf, das Hexe und Göttin in einer Person war, verführt zu werden. Um nichts in der Welt wollte er sie verlieren. Michaela schmiegte sich in seine Arme, drückte ihre Schenkel und ihr Becken wie ein weiches Polster gegen seinen Körper. Von ihrer Haut ging ein Duft aus, der einfach nur angenehm war. Cles genoss es zu fühlen, wie sie in seinen Armen vibrierte: die Festigkeit ihres Körpers zerfiel und sie kuschelte sich schlangenartig an seine Brust und steuerte ihn in den Strom der Liebe. Seine Atemzüge wurden tiefer und schneller, er ließ seine Lust ungezügelt toben, griff blind nach ihren Brüsten, nach ihren Oberschenkeln, Liebe wurde mit Liebe beglichen. Er vertraute darauf, dass sie immer die Seine sein würde. Sein Gesicht legte er zwischen ihre Brüste, seine Zunge liebkoste gierig die Brustwarzen, aus ihrer atemlos hauchenden Stimme vernahm er ihre Worte:

„Wie schön, mach weiter!" Mit seiner rechten Hand zog er den Reißverschluss ihres Kleides herunter. Ihr langes, schwarzes Haar hing jetzt herab. Ihr ganzer, sich schlingender Körper war von Strom durchwühlt, bereit zu sündigen. Das Kleid fiel wie von selbst von ihrem Körper. Zwischen ihren leicht geöffneten

Beinen fand er die bereitwillige, in Feuchtigkeit glänzende Kostbarkeit. Seine Zunge liebkoste die Schönheit ihres Körpers, bis hin zu den bitter schmeckenden Schamlippen, die so verschwenderisch, so wollüstig waren. Mit einer ungezügelten Heftigkeit verlor er sich in ihr. Die intime Berührung war so heiß, dass er laut stöhnen musste, als wäre diese Lust unerschöpflich gewesen. Jede Faser seines Körpers war von Michaela durchdrungen. Mit ihren schnellen Bewegungen, keuchend, feuerte sie ihn an, bis sie von den Spannungen erlöst waren. Ihre dunklen Augen weiteten sich und fast schüchtern fragte sie: „Was hat das Schicksal mit uns vor?" Über sich selbst entsetzt, stellte er fest, dass er über seinen Ehebruch keine Reue empfand. Er war so erfüllt von ihrem jung duftenden Körper, dass er innerlich einzubrechen drohte: er verlor jede Vernunft und ließ sich von Gefühlen treiben, als wäre er ohnmächtig, betäubt gewesen.

Der Traum überwältigte die nüchterne Realität, die er nicht mehr wahrhaben wollte.

Am nächsten Morgen, obwohl beide wach waren, glaubten sie, alles sei nur ein Traum gewesen. Ja, sie verweilten noch im Traum. Für Michaela bedeutete dieser Zustand, eine andere Ebene des Lebens betreten zu haben und wollte vor allem, dass auch Sina davon erfahren sollte, um diesen Traum mit ihr zu teilen. Sie lagen noch im Bett im Halbdunkel, doch Michaela musste gehen, noch ehe es ganz hell wurde. Ihr Besuch musste unbemerkt bleiben. Von dem

Strom des Schicksals getrieben, verließ sie die kleine Wohnung, in der sich ihr Schatz verbarg. Cles begleitete sie bis zu der Hauptstraße, wo sie dann weiter zu Fuß und alleine zu ihrer Wohnung gehen wollte. Es war ihrer Meinung nach die sichere Variante, um ihr Geheimnis weiterhin als solches zu wahren. Nach gut zwanzig Minuten erreichte sie ihre kleine Wohnung. In ihrem Zimmer gab es ein Doppelbett, ziemlich altmodisch mit einem halbrunden Kopfende aus Mahagoniholz, ein fleckiger Spiegel und ein Kleiderschrank vervollständigte ihre Wohnung. Im Gang befand sich noch eine kleine Küche, die Toilette musste sie mit drei anderen Parteien teilen. Trotzdem: sie schätze sich als Privilegierte ein, eigene vier Wände zu haben.

In ihrer Wohnung angekommen, obwohl es noch sehr früh war, rief sie Sina an, um ihr zu sagen, dass es viel zu erzählen gab. Doch sie wollte nicht am Telefon das Erlebte erzählen, da die Gefahr abgehorcht zu werden, zu groß gewesen wäre. Um neun Uhr am Vormittag hatten sie sowieso Unterricht, also beschlossen sie, sich im Institut zu treffen.

Für Cles begann ein Lebenskampf, wie er es vor seiner Bekanntschaft mit Michaela nicht ahnte. Unter keinen Umständen konnte er sich vorstellen, ohne sie nach Holland zurückzukehren. Aber wie? Heiraten war unmöglich – er war bereits verheiratet. Und er war überzeugt, dass seine Frau in eine Scheidung nicht so leicht einwilligen würde. Sein Aufenthalt in Rumänien dauerte noch zirka drei, vier Monate: die Zeit drängte also.

Der Bus, der Cles gemeinsam mit anderen Arbeitskumpels in das Werk fuhr, kam pünktlich an: 7:30 Uhr. Sie alle arbeiteten in der Schiffswerft. Den ganzen Tag sehnte er sich nach Michaela. Sie wurde seine Göttin, die nicht von dieser Welt zu sein schien. Es lag in ihrer Macht, ihn zu dem glücklichsten Mann zu machen oder sein Leben zu zerstören. Die Stunden der Sehnsucht vergingen grauenhaft langsam.

Die Donau mit ihren dicht bewachsenen Ufern kam ihm wie ein Himmel voller Wolken vor. Zu seiner Angst, die Geheimagenten würden dahinter kommen, kam die Sorge um seine Tochter daheim und das schlechte Gewissen seiner Frau gegenüber.

Der sommerliche Tag war heiß in Galati, heiß und duftend nach Donauwasser. Michaela wartete auf die rostige Straßenbahn, die sich mit dumpfen Geräuschen mühsam weiterkämpfte, um die nächste Station zu erreichen. Ihre Fahrt von einer Station zu der anderen war ein einziges Beschwerdegeschrei. Nachdenklich, von Liebe erfüllt, ein ganz natürlicher Zustand, der verliebten Leuten zuzuschreiben ist, stieg sie in die überfüllte Straßenbahn ein. Der Lärm, die laute, aufgeregte Jugend, der Schweißgeruch: all diese Dinge störten sie nicht mehr. In ihren Ohren läuteten die Glocken der Türme von Nah und Fern, um ihre Hochzeit der Welt kundzugeben: sie genoss ihre geheime Liebe – sie dachte nur an ihren Cles. Sie spürte, dass etwas Wertvolles in ihr Leben eingetreten war: es war so schön, in diesem Zustand der Verzückung zu schweben. Schön und zugleich schwierig, aber für ihr höchstes Ziel mit dem Ostwind nach Westen zu ziehen, lohnte es sich zu riskieren, zu kämpfen.

Sina wartete auf sie im Schulhof, neugierig zu erfahren, was in der vergangenen Nacht sich alles abspielte. Auch Michaela war erleichtert, mit Sina über ihre frische, vielversprechende Liebe zu sprechen. Die Liebe, die nicht erzählt wird, fühlt sich zurückgedrängt, kann sich nicht entfalten, kann nicht aufwärts zum Licht. Sie war dem Schicksal dankbar, Sina als Freundin zu haben, die genau so wie sie dachte und die gleichen Lebensziele verfolgte. Sie konnte ihre geheime Liebe nur Sina anvertrauen.

Nach dem Unterricht beschlossen sie, zu Michaela nach Hause zu fahren, um sich alles in Ruhe erzählen zu können. Die Schulzeit dauerte vier Stunden. Die Pausen dazwischen waren nicht für vertrauliche Gespräche geeignet, da immer wieder andere Mädchen dazwischen kamen. Um 13:00 Uhr gingen Sina und Michaela den sooft betretenen Weg, der sich durch bunt bemalten Hauswände schlang, bis zur Haltestelle der Straßenbahn. Zuerst das lange Warten, bis endlich die Bahn keuchend und mit letzter Kraft (man wunderte sich, dass das alte Blech- und Eisenkonglomerat, von Rostflecken bis zum Inneren durchfressen, den Schienenweg hinauf Dutzende Male am Tag noch schaffte) ankam. Nach der dritten Station stiegen sie aus. Den Rest des Weges, durch einige Wohnblocks hindurch, gingen sie zu Fuß. Michaela hatte einige Eier zu Hause, dazu ein Stück Weißbrot, und fertig war das köstliche Mittagessen.

„Sina, ich glaube, dieses seltsame Gefühl, das wir Glück nennen, habe ich gefunden." Es ist so einfach, ein Wort zu nennen, um die ganzen Gefühle, die sie so herrlich empfand, in einem Wort auszudrücken. Irgendwie wirkte dieser Zustand etwas beängstigend auf Sina. Das hieß: bis jetzt war Michaela weder glücklich, noch unglücklich. Sie war einfach nur auf der Welt. Wie auch immer: Michaela war ihre Freundin und sie ließ sich von ihrer Über-schwänglichkeit anstecken und freute sich mit ihr gemeinsam. Michaelas Glück war auch ihr Glück: alles war eine Einheit, die keine Spaltung zuließ. Während ihrer Plaudereien erschreckte sie der schrille Ton des Telefons. Ein Blitzgedanke durchstreifte Michaelas Geist, sie zögerte einige Sekunden lang, doch Sina ermunterte sie, den Hörer abzunehmen. Sie blickte instinktiv auf ihr Handgelenk: es war 15:00 Uhr.

Cles sprach zwar gut Deutsch, doch sein Akzent blieb nicht unhörbar. Auch Michaela sprach gut Deutsch, da in der Gegend, wo sie daheim war, auch die deutsche Minderheit ihr Zuhause hatte; folgedessen war es ganz normal, mit zwei oder drei Sprachen aufzu-wachsen. Klausenburg war bekannt als Kulturstadt mit einem Zivilisationsstand, der sich deutlich vom Osten Rumäniens unterschied.

Michaela bemühte, sich Haltung zu bewahren. Es war nicht so einfach, Angst und Freude zugleich im Zaum zu halten. „Ich weiß, Liebling, ich kenne deine Angst, aber meine Liebe zu dir wird jedes noch so große Hindernis überwinden. Ich lasse dich nicht mehr alleine. Ich bin noch auf der Arbeit, doch heute Abend muss ich dich unbedingt sehen. Die Sehnsucht nach dir macht mich wahnsinnig. Treffen wir uns um 18:00 Uhr vor dem Hotel „Donau"? Ich liebe dich!"

Wie soll ich nun ihren Zustand beschreiben? Sie spürte seine körperliche Gegenwart, als wäre er in ihr. Es war eine einzige Gedankenverbindung, die sie auch ohne Worte in Verzückung versetzte, sie fühlte sich ganz Frau, bereit ihm zu dienen, sich zu unterwerfen, das war das Schönste und Angemessenste, was sie für ihn tun wollte.

Die Stunden vergingen. So wie auch beim ersten Treffen erschienen die Freundinnen gemeinsam. Es war eine Art Täuschung, ein Versuch, den Geheimagenten vielleicht doch zu entkommen. Zu dritt gingen sie in das Restaurant der Fischer, welches sich direkt an der Donaulände befand und eine freie Sicht auf die Donaulandschaft ermöglichte. Ein Hauch von Luxus würde man sagen. Dort gab es nur Fischgerichte, jeweils in verschiedenen Variationen. Cles ließ dieses Mal sein Auto bei seiner Wohnung stehen, um ebenfalls die Gefahr, entdeckt zu werden, zu minimieren. Nach dem Essen gingen sie auf die Esplanade donauaufwärts, Richtung Cles´ Wohnung. Sina verabschiedete sich und ging nach Hause. Michaela dagegen ging erneut mit Cles nach oben. Der Portier, der unweit vom Eingang stand, drehte sich um und ging in die andere Richtung. Michaela wusste Bescheid: der Bakschisch war angemessen und dementsprechend war auch seine Wirkung.

Eine Nacht der Leidenschaft lag vor ihnen. Doch diese Liebe blieb nicht unentdeckt. Die Folgen daraus: fatal!

Die Maschinerie des Sicherheitsdienstes wurde in Gang gesetzt. Michaelas Beziehung zu Cles dauerte mittlerweile zwei Wochen, doch in dieser Zeit schien es so zu sein, dass niemand, bis auf Sina, etwas mitbekam. In Wirklichkeit wurde sie oft beobachtet. Eines Tages lud sie die Institutsdirektorin zu einem Gespräch in ihr Büro ein. Ein Offizier des Sicherheitsdienstes war auch dabei. Michaela saß in der Falle und konnte nicht mehr entkommen. Sie stand vor diesen zwei unsympathisch wirkenden Personen und spürte eine ungewollte, traurige Bewegungslosigkeit. Sie ahnte, was auf sie zukommen würde. Doch sie wusste nicht genau was. Der Mann vor ihr sah aus wie ein Sadist, in dem nichts Menschliches mehr war. Cles ging ihr durch den Kopf. Er wusste nicht, in welcher Situation sie geraten war und die Aussicht, ihn zu verständigen, schien ihr in diesem Moment gleich Null. Der Sicherheitsoffizier stellte ihr die erste Frage: „Du hast Kontakt zu einem Ausländer, einem Holländer – verbotenerweise. Das wird einem Landesverrat gleichgestellt und in dem Fall bis du in dieser Schule unerwünscht." Die Exmatrikulation wurde von der Direktorin – einer alten Jungfer – bestätigt, somit hatte Michaela kein Recht mehr, in diese oder eine andere Schule zu gehen.

Am nächsten Tag sollte sie im Büro dieses Offiziers erscheinen, um nach weiteren Details befragt zu werden. Sie hatte klar die sozialistischen Prinzipien verraten: also befand sie sich auf einem Irrweg, der korrigiert werden musste. Mit unbeweglichen Blicken verließ Michaela dieses Zimmer und konnte die Engstirnigkeit dieser zwei Menschen, die sich Götterrang anmaßten, nicht begreifen. Untröstlich über ihr zerschlagenes Lebensglück fing sie an zu weinen. Ihr Herz empfand nur Zorn und Hass. Hoffnungslosigkeit betäubte sie, sodass sie nichts in der Umgebung wahrnehmen konnte. Sie ging durch den langen Korridor des Instituts zu ihrem Klassenzimmer, um ihre Mappe zu holen. Während ihres kurzen Aufenthaltes in diesem Raum konnte sie weder einen Laut noch ein Wort wahrnehmen. Nicht einmal Sina konnte sie erreichen. In diesem schweren Moment ihres Lebens, auf dem Weg zu ihrer Wohnung, hielt sie einen Moment lang inne: ihr Geist wurde wach, sie hob die Augen zum Himmel (auf der Erde sah sie nur die Hölle) und fragte sich, was „Landesverrat" bedeutete. DAS wurde ihr unterstellt. Wer hat das Recht, einen Menschen seiner Freiheit zu berauben, ohne dass er etwas Ungerechtes getan hatte?

Sie beschloss, in die Werft, wo Cles arbeite, zu gehen, ihm alles zu erzählen, komme, was wolle. Wäre ihr vorgegeben, im Gefängnis zu landen, würde Cles wenigstens Bescheid wissen und vielleicht hätte er mehr Möglichkeiten, ihr zu helfen. Doch Cles zu finden war nicht so einfach in einem Betrieb mit Hunderten von Menschen. Das erste Hindernis war, hineinzukommen. Der Portier erlaubte ihr nicht, ohne einen plausiblen Grund das Gelände zu betreten. Doch der Himmel reagierte und sandte ihr die rettende Idee: die Leute dort waren alle bestechlich.

Sie hatte zwanzig Lei bei sich, bot dem Portier diese Summe an, mit dem Versprechen, bei der Rückkehr ihm zusätzlich eine Stange Marlboro mitzubringen. Es funktionierte. Der Portier sagte ihr, wo das sich das Ausländerbüro befand und sie schlängelte sich durch ein Labyrinth der Unordnung, bis hin zu einem grauen Gebäude, wo Cles arbeitete. Sie betrat einen Raum, dessen Wände und Fußboden braun und schmutzig weiß gekachelt waren. Eine Reinigungsfrau kam ihr zufällig entgegen. Sie kümmerte sich nicht um Michaela und ging mit einem Eimer in der Hand ihren Weg weiter, die Treppe hinauf.

Michaelas prekäre Lage, immer mit der Angst im Nacken, von Agenten verfolgt zu werden, versetzte sie in eine erbärmliche Traurigkeit. Ihr wurde mit einem Male bewusst, wie nah Glück und Unglück beieinander liegen. Während sie sich mit dem Gedanken beschäftigte, warum sich die Sicherheitsoffiziere so für sie interessierten und sie verfolgten, obwohl sie nichts Unrechtes getan hatte, ging am Eck des Gebäudes eine Türe auf. Fast erschrocken rief sie halblaut: „Cles!"

Ihm wurde augenblicklich klar, dass etwas passiert sein musste. Er wollte sie umarmen, einen Kuss geben, doch sie hielt ihn mit sanfter Bewegung zurück. „Bitte nicht! Nicht hier! Cles, es ist schrecklich! Sie haben mich auf der Schule exmatrikuliert, morgen muss ich zu der Geheimsicherheitszentrale gehen, wahrscheinlich wollen sie mich verhaften. Mehr weiß ich nicht."

Cles blieb für einige Augenblicke regungslos, im Hinterkopf spürte er plötzlich brennende Schmerzen, die er nur mit großer Anstrengung dämpfen konnte. Die Situation zwang ihn, einen kühlen Kopf zu bewahren. Jetzt war es notwendig, jeden Gedanken einzuordnen: die Kraft seines Geistes wurde so groß, dass er seine Schmerzen zwar nicht vergaß, sie aber doch an den Rand seines Bewusstseins drängen konnte. Er glaubte, die rettende Idee gefunden zu haben. Plante er womöglich eine nächtliche Flucht? In Minutenschnelle spürte seine Seele so etwas wie Erleichterung. Er warf einen Blick auf seine Arm-banduhr, dann - ohne lange zu überlegen - sagte er Michaela, sie sollte sich heute den ganzen Tag in ihrer Wohnung aufhalten. Er würde nach einem Weg suchen, aus diesem Dilemma schadlos heraus-zukommen.

Völlig niedergeschlagen ging sie nach Hause und verbrachte den Rest des Tages, als wäre sie schwerstkrank, im Bett. Jedes Geräusch, das sie von draußen wahrnahm, machte ihr schreckliche Angst. Ihre Eltern – alle beide waren Lehrer – wohnten in Klausenburg und sie traute sich nicht, sie anzurufen, geschweige denn etwas über ihre Situation zu erzählen. Früher oder später würden sie sowieso über den Landesverrat ihrer Tochter in Kenntnis gesetzt werden.

Cles nahm sich für den Nachmittag frei, die Zeit drängte: er musste etwas unternehmen, auch unter der Gefahr, viel zu riskieren. Sein Weg führte direkt zu seinem italienischen Freund Simoni, Kapitän auf einem großen Schlepper, der regelmäßig Donau– und Schwarzmeerfahrten unternahm. In seinem Kopf schwebte noch immer sein Geistesblitz: die Flucht; und gerade diese Möglichkeit wollte er seinem Freund aufzeigen.

Der Sicherheitsdienst, wie es sich später herausstellte, unterschätzte diese Situation. Der für diese Angelegenheit zuständige Offizier war überzeugt, dass Michaela aus Angst mit niemandem reden würde: am Allerwenigsten mit Cles.

Diese Trägheit wurde ihnen später zum Verhängnis. Es war bekannt, dass die Sicherheitsdienstleute und Politiker in Rumänien das Recht hatten, in nicht-öffentlichen Sonderläden einzukaufen, genauso war ihnen ihr Anspruch auf die besten Wohnungen, auf bessere Pensionen, die wesentlich höher waren als die der Ärzte, Techniker und Lehrer, gesichert. Diese Berufe, die sie hatten, beanspruchten sowohl ihre Intelligenz als auch ihre körperlichen Kräfte nicht übermäßig. Ihr Arbeitsstil zeichnete sich im Allgemeinen durch Bespitzelung oder auch hinter dem Schreibtisch dösen, Protokollfloskeln zu kritzeln über sogenannte „verdächtige" Personen, aus. So war es auch im Fall Michaelas.

Der zuständige Offizier schrieb mit akribischer Genauigkeit (je mehr Seiten das Protokoll ausfüllte, desto mehr Aufmerksamkeit erlangte er beim Vorgesetzten) unter der schriftlichen Verpflichtung, keine falschen Aussagen zu machen und somit war er sich der Anerkennung seines Chefs sicher. Michaelas Angelegenheit schien ihm zu wenig spektakulär, um die Konzentration seines Chefs auf sie zu lenken. Ein junges Mädchen war leicht einzuschüchtern, infolgedessen war er von ihrer Folgsamkeit überzeugt.

Es war Mittagszeit, als Cles seinen Freund Simoni in seiner luxuriösen Kabine erreichte. Die zwei Männer hatten früher berufsmäßig miteinander zu tun und so entstand zwischen ihnen eine enge Freundschaft, die seit Jahren Bestand hatte. Etwas überrascht von seinem Besuch fragte Simoni Cles, was los war. „Du musst mir aufmerksam zuhören und dann gemeinsam mit mir eine Lösung für meine heikle Situation zu finden. Ich habe ein Mädchen kennen gelernt und ich kann und will ohne sie nicht nach Holland fahren, du verstehst, was ich meine?"

„Du bist doch verheiratet? Was wird Gilda dazu sagen? Außerdem hast du noch eine minderjährige Tochter."

„Simoni – vergiss das! Dieses Problem erledige ich später! Michaela, so heißt das Mädchen, hat massive Schwierigkeiten mit dem Sicherheitsdienst aufgrund unserer Beziehung. Nach dem rumänischen Gesetz darf sie überhaupt keinen Kontakt mit Ausländern aus dem Westen pflegen, außer in Ausnahmesituationen. Sie hat keine Möglichkeit mehr, ihr Studium abzuschließen und für morgen wurde sie in die Sicherheitszentrale vorgeladen: es besteht für sie die Gefahr, verhaftet zu werden, Gefängnis nicht ausgeschlossen. Lass dir was einfallen. Schau, du hast auf deinem Schlepper unendlich viele Möglichkeiten, sie zu verstecken, ohne irgendeinen Verdacht auf dich zu lenken. Ich würde sie in der Nacht hierher bringen.

Das wäre die rettende Idee! Dein Schlepper muss in zwei Tagen Rumänien verlassen – Richtung Türkei und ich würde mir eine Woche Urlaub nehmen und unter einem fadenscheinigen Vorwand in die Türkei fliegen. Mit einigen tausend Dollar könnte ich einen falschen Pass für Michaela besorgen, der weitere Weg wäre nur ein Kinderspiel!"

Simoni zündete sich eine Zigarette an, seine Augen blitzen, dem Zigarettenrauch nachblickend.

„Lass uns einmal nachdenken….." Er holte aus seiner Minibar eine Flasche Whiskey und während das Getränk eingegossen wurde, schwiegen alle beide, als würde sich jeder an Unangenehmes, Vergangenes erinnern.

„Auf Michaela!", sagte Simoni laut und richtete sich auf, obwohl er ohnehin gerade da saß.

„Nicht alles im Leben ist so schwarz, wie es manchmal ausschaut. Jeder Mensch hat das Recht auf Glück. Nach dem „Auf– und Ab- Naturgesetz" wird man mal hinaufgehoben und wieder hinabgestoßen. Ich glaube, dass die Geschichte, wenn es auch nicht leicht sein wird, auch für mich erfolgreich ausgeht."

Die zwei Männer tranken langsam den edlen Tropfen, sichtlich bemüht, das Aroma auszukosten.

„Wir trinken auf unsere Freundschaft!", sagte Simoni. „Aber um die Wahrheit zu sagen: Ich setze viel aufs Spiel, um dir zu deinem Glück zu verhelfen." Gleichzeitig blickte er zu dem kleinen Bronzebuddha, der sich in einer Nische in seiner Kabine befand. „Ich hoffe auf seine Unterstützung!"

Simoni erkannte, dass Cles´ entbrannte Leidenschaft für seine Michaela keine Gegenargumente gelten ließen, sein Instinkt konnte nicht verlogen sein und war der Überzeugung, dass sein Freund die wahre Liebe gefunden hatte und er seinen Weg nur mit Michaela gehen wollte.

Simoni dachte: „Wie die alten Leute zu sagen pflegen: Unergründlich sind Gottes Wege!"

In ihrer Wohnung angekommen, fiel Michaela in einen Zustand zwischen Hoffnung und Verzweiflung, Gleichgültigkeit und Rebellion. Ihre Eltern ahnten nicht, in welch schwieriger Situation sich die Tochter befand. Und Michaela hatte auch nicht die Kraft und den Mut, die Eltern einzuweihen – um sie nicht zu beunruhigen. Michaelas Leitprinzip war, dass Freiheit ein unerschütterliches Menschenrecht sei und von dieser Richtung wollte sie nicht abweichen: Sie war entschlossen, sich gegen Ungerechtigkeiten zu stemmen. Zielstrebigkeit duldet kein Versagen. Das Leben in diesem kommunistischen System, das mit Gewalt die Menschen in eigene Formen pressen wollte und wo sie nur das tun dürfen, was die Bonzen für richtig fanden, an diesen Gedanken konnte sie sich nicht gewöhnen. Was sie jetzt an persönlicher Freiheit und Entwicklungsmöglichkeit versäumen würde, bliebe unwiederbringlich, wenn sie den Schritt nicht wagt, den beschlossenen Weg zu gehen. Eine verlorene Jugend kann man nicht mehr zurück-gewinnen. In beträchtlicher Verwirrung verbrachte sie bange Stunden und fürchtete, verhaftet zu werden. In dieser Zeit empfand sie Ärger, unbeschreibliche Angst, sture Entschlossenheit, aber auch eine gewisse Gleichgültigkeit, sich selbst einredend: Komme, was nur wolle und dann folgte unmittelbar danach wieder Angst. Sie dachte an Cles.

Simoni nahm die Herausforderung an. Etwas aufgeregt drehte er das leere Whiskeyglas zwischen seinen gepflegten Fingern und wandte sein Gesicht zu Cles.

„Dein Wunsch gehört zum menschlichen Glück: vielleicht gelingt es mir, dir diesen Wunsch zu erfüllen." Er fuhr mit der Hand über sein etwas ergrautes Haar, sein Gesicht bekam ernste Züge, er wirkte nachdenklich. Während er durch das kleine Fenster nach draußen sah, fuhr ein Polizeiauto vorbei. Doch er tat so, als hätte er nichts gesehen. Er wollte Cles nicht noch mehr beunruhigen. Trotz eines unmenschlichen Regimes weigerte Simoni sich, bei den Leuten, die die harten Gesetze anwenden mussten, nicht nur die Verbrechen, sondern auch die hellen Seiten zu sehen.

‚Du bleibst hier. Ich schaue mich in der Wäscherei um. Der für die Wäsche zuständige Matrose ist ein türkischer Staatsbürger. Mal sehen, was sich machen lässt." Die Wäscherei war menschenleer. Etwas schlampig aussortiert, lagen intime Wäsche, Bettwäsche und, auf Kleiderbügel hängend, verschiedene Matrosenuniformen herum. In diesem Augenblick gingen Simoni bizarre Gedanken durch den Kopf.

„Die Beziehungen zwischen Mann und Frau sind unergründlich, sie unterliegen keinen Gesetzen, daher sind sie oft unberechenbar. Wenn sich verliebte Blicke treffen, wird aus Finsternis helles Licht. Die Kraft der Liebe kennt kein Hindernis, das nicht unüberwindbar wäre und doch: ihre feinfaserige Struktur ist sehr zerbrechlich. Von ihrem Schatten verfolgt der Hass, der geduldig auf seine Chance wartet, kaum bereit einen Fehler zu verzeihen, schlägt er mit einer zerstörerischen Kraft zu, die in ihrer Intensität der Liebe ganze Ehre erweist. Liebe und Hass – so gegensätzlich und so dicht beieinander lebend!"

Simoni hoffte, dass dieses Naturgesetz für Cles eine Ausnahme macht und dass seine Liebe zu Michaela immerwährend in dem hellen Licht glänzen würde. Die Möglichkeit, Michaela als Matrose zu verkleiden, schien ihm realistisch und doch - solange das Schiff in Galati blieb, musste sie in einem Versteck ausharren, bis das Schiff die rumänische Grenze hinter sich hatte. Cles, in der Einsamkeit der Kabine, ergriff wieder die Angst, Michaela könnte verhaftet werden und gerade diese Angst weckte in ihm noch stärker das Gefühl, sie zu beschützen, ihr Wärme zu geben.

Simoni verließ unbemerkt den Wäschereiraum und ging durch den verrauchten Korridor zu seiner Kabine, wo Cles auf ihn wartete. Ein Gefühl der Erleichterung half Cles, die Wellen der Angst zu überwinden und er griff nach einer Zigarette, die er fast mechanisch anzündete, obwohl ihm gar nicht danach zumute war.

„So, den organisatorischen Teil hier auf dem Schiff übernehme ich. Viel gefährlicher scheint es mir, Michaela von ihrer Wohnung hierher zu bringen, ohne entdeckt zu werden." „Das erledige ich. Sie wird etwa um Mitternacht hier eintreffen und zwar alleine. Ich werde ihr in einer angemessenen Entfernung folgen: vorher aber werde ich ihr genaue Anweisungen geben und du solltest auf dem Steg, der zum Schlepper führt, auf sie warten. Die genaue Zeit kann ich dir nicht sagen. Also: an die Arbeit!" Kein leichtes Unterfangen: denn im Falle eines Scheiterns standen viele Menschenschicksale auf dem Spiel: Michaelas sowieso, das ihrer Eltern, Cles´ und Simonis. Doch die ganze Kraft seines Seins richtete er auf das Gelingen: sein ganzes Glück lag darin, Michaela zu befreien, sie nach Holland zu bringen, mit ihr ein neues Leben zu beginnen – das würde den Zenit seines bisherigen Daseins bedeuten. Er beschloss, zuerst die Dunkelheit abzuwarten und zwar in der Nähe ihrer Wohnung, wohin er seine Blicke richten konnte, um festzustellen, ob sich etwas Besonderes abspielte. Wenn nur er nur alles hinter sich hätte! Vielleicht würde alles Schwere von ihm abfallen: Seele und Körper würden mit einem Male gesund werde - wenn es doch möglich wäre…

Die Abenddämmerung in ihrem rauchgrauen Schimmer kündigte der Erde an, dass die Nacht nicht mehr weit war. Cles fühlte sich wie ein Junge und doch - die unbarmherzige Klarheit über seine Situation holte ihn in die Realität zurück. Leichtsinn, Zuversicht und Angst belagerten abwechselnd und auch gleichzeitig seinen Kopf: das machte es ihm schwer, eine stabile Stimmung zu behalten. Und während dieser schweigsamen Stunden wurde sein Wille stärker und die finsteren Gedanken wichen von ihm. Was zurück blieb, war die klare Härte eines Mannes, der im Inneren entschlossen war, sein Ziel zu erreichen. Mit langsamen Schritten, über die Schulter eine leichte Sommerjacke geworfen, ging Cles auf der Donaupromenade einige Male hin und her, dann setzte er sich auf eine Bank, wo er seine Blicke auf Michaelas Wohnblock richten konnte. In der immer dunkler werdenden Sommerluft fühlte er sich besser beschützt. Einige Laternen warfen ihre schwachen hellgelben Strahlen auf den Boden. In der Luft lag eine kühle Frische, die aus den Donauwellen empor stieg.

Das Leben in der Stadt wurde ruhiger. Es war nach 22:00 Uhr. Cles sammelte seinen ganzen Optimismus, klammerte sich an die Gerechtigkeit des Himmels die ihm, wie er dachte, zustünde und hoffte bei seinem sehr riskanten Vorhaben nicht ertappt zu werden. Solche Unvorsichtigkeiten und Unvernunft waren nur seinem verliebten Zustand zuzuschreiben. Er setzte seine eigene Sicherheit auf das Spiel, sowie die Sicherheit von Michaela. Im Falle eines Misslingens würde sie des Landesverrates beschuldigt und dies würde dementsprechend geahndet. Über der Stadt verdunkelte sich der Himmel und ohne zuvor etwas bemerkt zu haben, sah Cles, wie sich vom Norden her Regenwolken, vom leichten Wind getragen, über den ganzen Himmel ausbreiteten. Ein Sommergewitter mit Blitz und Donner zog über den Blockhäusern entlang der Donau.

Die wenigen Menschen, die noch unterwegs waren, suchten Schutz vor den großen Regentropfen, die sich mit Hagelkörnern vermischten, deren Aufprall auf dem Asphalt ein lautes Geräusch erzeugte. Cles erreichte die Eingangstüre des Wohnblockes (M2); seine Kleider waren durchnässt, doch er empfand das sogar als Glück und gutes Omen. Bei dem Wetter konnte er Michaela unter Umständen noch sicherer zu seinem Freund auf das Schiff bringen.

Michaelas Wohnung befand sich im ersten Stock. Er läutete unten und sie machte ihm gleich auf und wartete die paar Sekunden, bis er die Stufen hinauf lief. Zitternd hatte sie ihn umarmt, sie konnte ihre Aufregung nicht unterdrücken. Sie musste weinen. Die Tränen liefen ihr nur so über das Gesicht, die sie mit dem Handrücken abzuwischen versuchte.

„Hör auf zu weinen, Michaela! Wir haben nicht viel Zeit! Simoni wartet am Schiff auf uns!" Cles schaute einige Augenblicke durchs Fenster und war froh, dass der Regen anhielt.

„Wir haben nicht viele Möglichkeiten die Schiffswerft zu erreichen: entweder entlang der Donaupromenade oder den Weg kreuz und quer durch die Wohnblocks zu gehen." Die zweite Variante erschien ihm die Sicherere. Cles riet ihr, eine alte Jacke anzuziehen und die langen Haare unter einer Kopfbedeckung zusammenzubinden. Sie mussten jede noch so kleine Möglichkeit ausnützen, um nicht aufzufallen. In dieser kurzen Zeit dachte Michaela an nichts anderes als an

61

das, was ihr bevorstand, obwohl sie nichts Genaueres wusste, was die zwei Männer mit ihr vorhatten. Sie verließen die Wohnung und mit fast laufenden Schritten durchquerten sie eine Straße nach der anderen, die sich durch die Wohnblocks schlängelten. Michaela war außer Atem und ihr Herz klopfte heftig. Doch Cles ermunterte sie weiterzugehen, jede Sekunde, jede Minute die sie unbemerkt weiter gingen, bedeutete, in Sicherheit zu gelangen, obwohl auch diese Sicherheit auf sehr wackeligen Beinen stand. Inzwischen fehlte nicht mehr viel bis Mitternacht. Stundenlang pendelte Simoni zwischen seiner Kabine und dem Steg hin und her und machte sich Sorgen, da die zwei zur vereinbarten Zeit - wenn auch nicht auf die Minute genau – noch immer nicht da waren. Während Simoni mit seinen sorgenvollen Gedanken zu kämpfen hatte, bemerkte er aus einer gewissen Entfernung zwei Silhouetten. Es war schwer, klar zu erkennen, wer die zwei waren, denn der Regen tobte noch immer. Die zwei Gestalten – ein Mann und eine Frau – kamen immer näher, zielgerichtet zu dem Steg, der zu seinem Schiff führte. Er öffnete die Türe seiner Kabine und ging einige Schritte hinaus. Es regnete noch immer sehr dicht, doch in der Aufregung war ihm das egal. In zirka dreißig Metern Entfernung erkannte er deutlich Cles in Begleitung einer weiblichen Person, die nur Michaela sein konnte: die Frau, die so viel Wirbel in das Leben dieser Männer hineinbrachte. Simoni winkte Cles entgegen und augenblicklich lenkte er seine Gedanken in eine andere Richtung, zu sich selbst leise murmelnd: „Es renkt sich wieder alles ein: man soll der Geduld und der Zuversicht die gerechte Chance geben." Und dann sagte er zu beiden: „Legt eure Jacken ab und kommt herein."

Diese Sommernacht des Jahres 1972 wurde zu einem Schicksalsdatum für die drei Beteiligten. Im Schutz zweier Männer begann Michaela, wenn auch zögernd, Hoffnung zu schöpfen. Immer wieder drückte sie ihrem Cles die Hand, um sich zu vergewissern, dass er da war, leibhaftig, dass sie nicht träumte. Diese Augenblicke – trotz Sorgen, Aufregung, Gefahren, Risiken – wurden von der Liebe vergoldet. Durch Michaelas Geist gingen flüchtig einige Gedanken zu ihren Eltern und zu ihrer besten Freundin Sina, die nicht ahnte, in welcher Gefahr sie sich befand – eine Gefahr, die auch ihre größte Chance Rumänien zu verlassen, bedeutete.

In ihrer Fantasie sah sie ihr Ziel als erreicht und weigerte sich zu glauben, dass der Weg, den sie eingeschlagen hatte, mit spitzen Steinen gepflastert war. Die kurzen, glücklichen Phasen ihres Lebens wollte sie in einem Aquarellbild voller Fröhlichkeit festhalten: wenn man genau hinsah, merkte man, dass alle drei zu einem imaginären, mächtigen Helfer blickten, als würden sie ausgerechnet von ihm die Erlösung erwarten.

Simoni hatte sich einen eigenen Plan zurechtgelegt, wie diese Flucht am sichersten verlaufen sollte. Die Zeit drängte, sie mussten gleich handeln. Michaela bekam eine Matrosenuniform, die er aus der

Wäscherei holte. Ihre langen, schwarzen Haare wurden gleich von Cles kurz geschnitten, um diese besser in die Matrosenkappe zu stecken. Simoni zeigte ihr das Versteck, das sie tagsüber nicht verlassen durfte. Auf engsten Raum konnte sie gerade stehen und auch sitzen – nicht mehr. Es handelte sich nur um zwei Tage und das musste sie schaffen. Ihr war nur wichtig, Simoni immer in ihrer Nähe zu wissen. Die zwei Nächte musste sie in seiner Kabine, hinter einem Kleiderschrank, wo seine Zivilkleider sowie seine Kapitänuniform hingen, verbringen.

Michaela hatte nur die Kleider, die sie am Leib trug, mitgenommen. Doch sie machte sich darüber keine Gedanken. Sie hatte ja eine Matrosenuniform bekommen. Auch Cles musste seinen Plan umändern und denjenigen annehmen, der Simoni für ihn zurechtgelegt hatte.

„Du fliegst schon morgen nach Holland! Eine Ausrede wird dir wohl einfallen – ruf deine Frau an und sag ihr, du kommst für zwei Tage heim, da etwas Wichtiges für die Firma zu erledigen sei. Ohne dass deine Frau etwas bemerken sollte, nimmst du ihren Pass mit, kaufst eine blonde Perücke und wir bleiben telefonisch in Kontakt. Für unsere Gespräche ver-einbaren wir einen Code, damit unser Geheimnis bewahrt wird. Wir treffen uns dann in der Türkei. Dort läuft dann alles unkompliziert: Zur Sicherheit legen wir unseren Plan auch in die Hände des Allmächtigen, ohne seine Unterstützung läuft nichts." Simoni war ein überzeugter Christ, obwohl in seiner Kabine eine

Buddhafigur stand. Der Regen hörte nicht ganz auf, doch die Menge des Wassers fiel nicht mehr so ausgiebig aus. Cles wollte noch eine Weile bei Michaela und Simoni bleiben, da er in diesen spätnächtlichen Stunden sowieso nichts erledigen konnte. In dieser kurzen Zeit widmete er seine ganze Aufmerksamkeit und Zärtlichkeit nur Michaela. Er ermunterte sie mit Worten der Zuversicht, doch ihre innere Unruhe legte sich nicht wirklich. Und doch: sie verstand diese Unruhe als Freude zu tarnen. Ihre Eltern gingen ihr nicht aus dem Sinn: was wird aus ihnen werden? Könnte sie ihnen – falls sie Holland erreichen würde – in irgendeiner Weise helfen? Auch Sina war ihr bei Gott nicht gleichgültig. Es waren die turbulentesten Stunden ihres Lebens, die sie immer in Erinnerung behalten würde, egal wie das Schicksal entscheiden wird.

Um 4:00 Uhr morgens verließ Cles das Schiff, nahm ein Taxi und fuhr zu seiner Wohnung. Um 7:00 Uhr früh meldete er sich bei seinem Vorgesetzten und bat ihn um eine Woche Urlaub. Dringende familiäre, unvorhergesehene Ereignisse würden ihn zwingen, nach Hause zu fliegen. Es klappte gleich. Hoffnungsvoll, ohne zu wissen, ob er an demselben Tag ein Flugzeug, das nach Holland fliegt, finden würde, fuhr er nach Bukarest. Sein PS-starkes Auto nütze ihm nicht viel, da die Straßen in Rumänien eher für die Ochsenkarren geeignet waren: überall Löcher in den Straßen, Pferdefuhrwerke und wild laufende Hunde, machten die Fahrt zum Abenteuer. Um 11:30 Uhr erreichte er den Flughafen Otopeni, parkte sein Auto für eine Woche auf dem bewachten Parkplatz des Flughafens, zahlte die Gebühren in Valuta (Dollar) im Voraus und ging schnurgerade in die Flughalle hinein. Mit einem Koffer in der Hand, gehetzt durch die Menschenmenge, ging er zum Informations-schalter. Das Innere der Flughalle war gesättigt mit dicker Luft, die nicht entweichen konnte. Die Klimaanlagen funktionierten nicht oder unzureichend, was eigentlich eher dem Normalzustand dort entsprach. Die Rumänen nahmen all diese Dinge widerstandslos in Kauf: sie kannten nichts anderes. Es gab kaum eine Institution, eine Fabrik oder sonst etwas, die in Rumänien normal funktionierte: ja sogar die Sicherheitsdienstmaschinerie versagte manchmal, wie sich später herausstellen sollte, also warum hätte gerade die Klimaanlage im Flughafen eine Ausnahme machen sollen?

Cles begrüßte die Dame am Informationsschalter und erkundigte sich nach dem nächsten Hollandflug. Sie schaute nach und ihre Antwort fiel kühl aus.

„Um 16:30 Uhr ist der nächste Flug nach Amsterdam mit der rumänischen Linie ‚Tarom‘, Zwischenlandung in Frankfurt am Main." Cles kaufte gleich ein Flugticket: bei ‚Tarom‘ gab es keinen Engpass, was Flugtickets betraf. Aus zweierlei Gründen - zunächst: nicht viele Rumänen flogen ins Ausland und dann: die ausländischen Gäste bevorzugten andere Fluglinien, außer sie konnten aus Zeitgründen nicht zu lange auf eine andere Flugmöglichkeit warten. Er hatte vier Stunden Wartezeit, Eine Zeit, die ihm unendlich lange

66

vorkam. Am liebsten wollte er sich selbst in die Lüfte erheben, wo die Schwerelosigkeit der Erde unwirksam werden würde, um schneller als jedes Flugzeug nach Hause fliegen zu können. Er wünschte sich die Kräfte des Äolus zu trotzen, ja zu überwinden, um den Himmel zu erreichen, um seine Reise zu beschleunigen. Erwartungsvolle Freude wechselte sich mit Furcht ab, seine Gedanken, ob Michaela in ihrem Versteck unentdeckt überstehen würde, begleiteten ihn pausenlos.

„Rumänische Welt", dachte er, „ist eine Welt des Misstrauens, wo jeder jeden bespitzelte, sogar die Luft war erfüllt mit all dem, was der Menschlichkeit und der Liebe feindlich gesinnt war: Terror, Angst, Verhaftung, Unterdrückung, brutale Vernichtung der Menschenwürde." Cles ertappte sich dabei, wie ihm ein leises Schluchzen und ein tieferes Atmen die Kehle in Sekundenschnelle zuschnürte. Aufgewühlt zündete er sich eine Zigarette an, ein altbewährtes Mittel eines Menschen, der sich in einer schwierigen Situation befindet, hoffend auf eine gewisse Beruhigung. Eine Wanduhr zeigte die volle Stunde: 15:00 Uhr.

Obwohl sich Cles´ Unruhe nicht ganz legte, bewahrte er gleichzeitig auch jene Gedanken der Zuversicht, die ihm aus seiner scheinbaren Ausweglosigkeit heraushoben, angesichts der Tatsache, dass er sich etwas Wichtiges zu erledigen vorgenommen hatte.

Das Wort „Haftbefehl" blitzte durch seinen Geist: das durfte unter keinen Umständen stattfinden! Er vertraute Simoni, seinem Freund, der bereit war, ihm zu helfen. Und wiederum, eine stumme, fast wohltuende Ruhe legte sich über den ganzen Körper wie eine heilende Salbe auf einer offenen Wunde.

Cles ging an die Bar und bestellte einen Kaffee, den er noch im Stehen austrank. Kurz danach hörte er aus dem Lautsprecher die Aufforderung, die Passagiere mögen sich zum Boarding einfinden. Am liebsten hätte er lautstark gegen die unfassbare Ungerechtigkeit, die in diesem Land herrschte, protestieren wollen – dieser Gerechtigkeitssinn durchbohrte ihn wie ein glühendes Eisen, er hatte den Drang, allen Anwesenden zu sagen, wie grausam das Regime war und doch gleichzeitig stieg ein anderer, nüchterner Gedanke in ihm hoch, der ihm klar machte, er könne seinen Plan nur mit Bedacht und kühlem Kalkül gut zu Ende bringen.

Die Maschine auf dem Rollfeld, auf deren Rumpf ‚Tarom' geschrieben stand, wurde immer lauter. Nur noch Minuten und der behäbige Aluminiumvogel hob sich in die schwer vergiftete Hoheitsluft eines kommunistischen Landes.

Am Tag seiner Abreise hätte sich Michaela am Vormittag um neun Uhr in der Sicherheitsdienstzentrale melden müssen. Der Sicherheitsdienstoffizier, der mit dieser Angelegenheit beauftragt worden war, nachdem er feststellen musste, dass Michaela zu der vereinbarten Zeit nicht erschien, geriet in Panik. Gemeinsam mit einem rangniedrigeren Kollegen fuhren sie zu Michaelas Wohnung. Der Leutnant läutete einmal, doch er vernahm weder irgendwelche Geräusche, noch öffnete jemand die Türe. Alle seine geordneten Gedanken fegte er beiseite und zwang den Mann, der ihn begleitete, mit Gewalt an die Tür zu hämmern, mit Füßen zu treten, hoffend, eine lebendige Person schreien zu hören.

„Aufmachen! Polizei! Aufmachen!"

Die Nachbarn, bis auf eine ältere, etwas verwirrte Frau, waren alle in der Arbeit. Plötzlich wurde ihm völlig klar, dass die Wohnung leer war, noch bevor die Tür aufging. Noch ein wütendes Drücken und die graue Metalltüre fiel in dem kleinen Vorraum zu Boden. Der Gesichtsausdruck des – man konnte fast sagen bedauernswerten Mannes, der noch vor knapp einer halben Stunde in sadistischen Machtgefühlen badete – vereinte alle Ausdrucksfacetten der Verzweiflung in sich zusammen, er fiel mit einem Mal in die Rolle des Opfers, wohlwissend, wie schwer die Strafe für sein Versagen ausfallen würde: er war doch einer, der am besten Bescheid über diese Terror-maschinerie wusste. Unverzüglich fuhren die zwei Männer zurück, um den Vorgesetzten über diesen Fall zu informieren. Der Offizier wurde mit sofortiger Wirkung außer Dienst und unter Arrest gestellt.

Der „Fall Michaela" nahm das Ausmaß einer Staatsaffäre an. Gegen ihre Eltern wurde umgehend ein Haftbefehl erlassen, der noch am selben Tag vollstreckt wurde. Wie vor den Kopf gestoßen, nichts ahnend, was passierte, unter lauten Protesten wollten sie sich dieser für sie rätselhaften Verhaftung nicht unterwerfen, was dazu führte, dass das Ehepaar in zwei getrennten Räumen eingesperrt wurde, die nicht einmal 1,5 Quadratmeter groß waren, sehr hell beleuchtet. Das einzige Mobiliar bestand aus einem Hocker, auf dem man, wenn man sich hinsetzte, unmöglich die Beine ausstrecken konnte. Den Eltern wurde Landesverrat vorgeworfen. Michaelas Vater fing an, mit den Fäusten an die metallene Tür und auf die Wände wild um sich zu schlagen, während der Aufseher durch das Guckloch an der Außentür alle paar Minuten nachschaute, in welchem Zustand sich der Häftling befand. Die animalische Angst, die gleiche Angst eines Tieres, das vor dem Schlachttermin stand und nicht entkommen konnte, griff jetzt nach Michaelas Vater und zwang ihn, noch heftiger mit Füßen und Fäusten an die Tür zu schlagen und er begann zu schreien:

„Aufmachen, Ihr Mörder! Aufmachen! Ich ersticke!" Durch das Guckloch beobachtete der Aufseher mit sadistischer Schadenfreude die Vernichtung eines Menschen, der keine Ahnung hatte, warum er dieser Tortur ausgesetzt war. Kurz danach fiel Michaelas Vater in Ohnmacht. Plötzlich öffnete sich die schwere Türe und er wurde hinausgezerrt. Neben dem Aufseher stand ein zweiter Mann, vermutlich ein Sanitäter, der fast fürsorglich sein Herz abhorchte, um festzustellen, ob er noch lebte. Dann goss er einen Kübel kaltes Wasser über seinen Kopf und der Mann, fast erleichtert, öffnete die Augen. Der Aufseher fragte gleich mit einer zynischen Stimme:

„Warum randalieren Sie?"

„Mir ist schlecht! Ich habe Durst!"

„Egal in welchem Zustand Sie sich befinden, Sie dürfen weder schreien noch klopfen. Sonst sind wir gezwungen, Sie zu bestrafen." Der Aufseher, als wäre er die personifizierte Güte, reichte Tico – Michaelas Vater – ein Glas Wasser.

„Warum hat man mich verhaftet? Ich will mit Ihrem Vorgesetzten reden! Wo ist meine Frau?" Ohne eine Antwort zu bekommen, schloss der Aufseher ihn wieder in den engen Käfig. Tico hörte, wie sich der Schlüssel in dem Türschloss drehte und war froh, dass in seinem Körper noch Leben war. Es war schwer vorstellbar, dass hinter den Mauern des Grauens noch Leben existieren konnte. Seine Gedanken richteten sich an seine Frau. Er hoffte, dass eine Frau, die genauso unschuldig wie er war, nicht so grausam gequält werden würde. Nach zirka einer Viertelstunde öffnete sich die schwere Türe seines Verlieses wieder und ein Offizier trat ein.

„Aufseher! Worum handelt es sich hier? Zeigen Sie mir den Haftbefehl!" Nachdem er den Haftbefehl las, begann er Tico nach seinen persönlichen Daten zu befragen - „Name? Geburtsort?"-, die er dann scheinheilig mit den Angaben aus dem Haftbefehl verglich. Tico erwartete eine Erklärung, er schöpfte Hoffnung. Doch bevor er eine Frage stellen konnte, schloss sich die Türe wieder und der Offizier – nach seiner Uniform nach hatte er den Rang eines Leutnants – verschwand. Dieses Mal wurde er durch das Guckloch von einer Aufseherin im Minutentakt beobachtet. Ein menschliches Bedürfnis stellte sich ein. Tico hob die Hand, so wurde er belehrt, und tatsächlich öffnete sich die Türe. Die Frau befahl ihm, die Hände auf den Rücken zu legen.

Die Frau deutete auf eine Türe, wo so etwas wie eine Toilette war. In dem Raum, wo das Wasser in einem Loch ununterbrochen rann, hockte sich Tico hin. Natürlich wurde er auch hier aufmerksam durch das Guckloch beobachtet. Kaum zog er seine Hose hoch, öffnete sich schon die Türe und er wurde, wieder mit den Händen auf dem Rücken in seine Zelle gebracht. Er wollte seinen Gedanken eine positivere Richtung geben, doch dazu kam er nicht mehr, denn die Zellentüre öffnete sich wieder. Irgendein Mann aus der Sicherheitsmaschinerie stand vor ihm und fragte nach seinem Namen.

„Ich habe ihn schon gesagt", antwortete Tico. Doch das empörte den Befrager noch mehr.

„Name!", wiederholte er seine knappe Frage, „kommen Sie mit!" Tico wurde in ein Zimmer geführt, wo er sich nackt ausziehen musste. Jeder Widerstand hätte die Situation noch mehr verschlimmert. Es wurde ihm befohlen, sich auf den Fußboden zu legen. Nach einigen Minuten durfte er aufstehen, von der Kälte, die im Zimmer herrschte, zusammengekrümmt, wurde ihm ein Hocker hingeschoben, auf den er sich setzen durfte. In diesem dämonischen Gebäude war alles methodisch angelegt, um den Willen des Verhafteten völlig zu zerstören. Seine Kleider samt Unterwäsche wurden genauestens untersucht und ihm stückweise vor die Füße geworfen. Diese Stunde des Zuschauens wie jedes Kleiderstück konzentriert Zentimeter um Zentimeter abgetastet wurde, ja sogar einige Nähte, die dem Untersuchenden verdächtig erschienen, durchtrennt wurden, war beklemmend. Nun begann die körperliche Untersuchung: Nasenlöcher, Mund, Ohrmuscheln, Genitalien, alles wurde mit den unsauberen Händen eines Mannes, dessen menschliche Züge verkrümmt waren, kontrolliert. Tico brachte gerade noch so viel Kraft zusammen, sich vorzustellen, wie schmutzig, langweilig und menschenunwürdig diese Arbeit, die tagein tagaus zu verrichten war, sein musste.

Anschließend wurde er in eine neue Behausung gebracht, wo er sich wenigstens bewegen und einige Schritte machen konnte. Der neue Wächter schloss gleich die Türe seiner neuen Zelle, doch vorher – ganz kurz angebunden – befahl er dem Häftling, er soll sich nicht nackt ausziehen. Über den maximalen Zynismus des Aufsehers wollte sich Tico empören, doch zugleich wusste er, dass sein Protest die Lage erschweren würde. Ohne ihm irgendeine Schuld beweisen zu können, wurde er, Tico, wie ein Krimineller behandelt, ohne jegliches Recht auf eine Verteidigung. Kurz nachdem er in den neuen Raum gebracht wurde, erschien ein Frisör. Der Aufpasser hielt mit grobem Griff Ticos Hinterkopf fest und der Frisör, schweigend, begann, ihm den Kopf kahl zu scheren. Die dunkelbraunen Haare fielen lautlos herab, er griff nach einer Strähne und merkte nicht, wie die Tränen das weiche Haar befeuchteten. Tico, der Mathematiklehrer, von seinen Kollegen geschätzt und bei den Schülern beliebt, wurde, ohne den Grund zu kennen, in kürzester Zeit willens – und widerstandslos gemacht. Ein Gefühl der Gleichgültigkeit lähmte seine Empfindungen. Der Gedanke an seine Frau, die Vorstellung, sie müsste die gleichen Schikanen über sich ergehen lassen, holte ihn für einige Augenblicke aus seiner Apathie. Der Frisör verließ die Zelle, ohne ein Wort zu sagen. Tico wollte gerade seine Unterhose anziehen, als sich die Zellentür erneut öffnete.

Eine Frau mit einer abgehärteten, unweiblichen Miene betrat das düstere Zimmer.

„Nackt ausziehen!" Nach der Art der Befragung war sie Ärztin.

„Haben Sie Geschlechtskrankheiten oder ansteckende Krankheiten gehabt? Wie fühlen Sie sich?" Ohne weitere Fragen ging auch sie, ohne sich auf ein Gespräch mit Tico einzulassen. Das helle Licht, die nackten Wände, die feindseligen, sinnlosen und albernen Untersuchungen durch die Gefängnisbehörde, die sich in kurzen Abständen wiederholten - all diese Prozeduren führten dazu, dass Ticos Verstand nicht mehr in der Lage war zu denken, sein Wille glich einem trockenen Ast, der sich widerstandslos brechen ließ.

Die Maschinerie des Sicherheitsdienstes arbeitete mit der Präzision einer Schweizer Uhr. In nur wenigen Stunden wurde das Leben eines anständigen, mit keiner Schuld behafteten Menschen, der für die junge Generation so wertvolle Dienste leistete, buchstäblich vernichtet. Die vorletzte Station seiner Peinigung war ein schmutziger Duschraum mit mehreren Duschen. Er bekam ein Stück stinkende Seife in die Hand mit dem abstoßenden Befehl, sich zu entlausen. Ihn überfiel eine nicht zu überwindende Erschöpfung, die ihm die letzten Kräfte raubte. Mühsam ließ er das warme Wasser auf seinen geschwächten Körper fallen, das ihm weder ein Gefühl der Wärme, noch der Kälte gab. Er wollte irgendwo auf einem trockenen Platz verharren, solange, bis sich seine wirr laufenden Gedanken beruhigten. Nach einer Viertelstunde öffnete sich die Türe des Duschraumes und Tico bekam die Häftlingskleider. Mit erhobenen Händen wurde er durch den langen, gespenstig anmutenden Korridor des Untersuchungsgebäudes in die enge Zelle gebracht, wo er zum ersten Mal eingesperrt worden war. Doch hier blieb er nicht länger als einige Minuten. Erneut öffnete sich die Türe mit einem lauten Knall, so dass er plötzlich hellwach wurde. Der Aufseher, mit einer Stahlmiene, befahl ihm aufzustehen und ihm zu folgen. Und wiederum musste er durch den langen Korridor mit den erhobenen Händen gehen, bis zu einer braunen Tür, die der Aufseher mit einem großen Schlüssel öffnete. Der Raum war so groß, dass er einige Schritte hin und her gehen konnte, ja sogar eine Art Bett, bestehend aus dicken, nackten Brettern, befand sich darin. Hier verbrachte Tico seine erste Nacht. Selbst wenn er stets durch das Guckloch beobachtet wurde – er hatte für einige Stunden seine Ruhe. Seine Gedanken schienen sich etwas zu klären: er dachte an seine Frau und an seine Tochter, an seine Schule und an seine Schüler und daran, wie deprimierend seine Lage war;

aus der Tiefe seines Bewusstseins drang sein ganzes Leben mit den schönen Seiten an die Oberfläche.

Tico stand fest in der Mitte seines Lebens. Er war gerade 46 Jahre alt und seine Frau Marina 43. Er wusste nicht, was mit ihm geschehen würde, niemand beantwortete seine Fragen und er wurde von allen anderen Häftlingen oder Arrestanten total isoliert. Er spürte, wie die ganze Schwere eines unmenschlichen Systems auf ihn drückte. Angesichts der Hoffnungslosigkeit seiner Lage schien ihm die Freiheit unerreichbar. Bei diesen Gedanken drohte sein Atem zu stocken. Obwohl er müde und kraftlos war, konnte er die zweite Nacht nicht schlafen. Es war wie eine Erleichterung, als er nach stundenlangem Grübeln hörte, wie sich die Türe seines Verlieses öffnete. Und wieder das versteinerte Gesicht des Aufsehers, der ihm mit knappen, lauten Worten befahl: „Mantel anziehen, Hände auf den Rücken!"

Dieses Mal ging er in die andere Richtung des Korridors, über viele abgetretene Stufen in das Untergeschoss. Gespenstische Gedanken schienen seinen ganzen Körper lahmzulegen. Das starke Neonlicht drang auch durch die geschlossenen Augen mit einer Intensität, die kaum zum Aushalten war und ihn an den Rand der Verzweiflung brachte. Vor ihm lag eine Türe, die anders aussah als alle anderen Türen der verschiedenen Zellen, wo er sich bereits einmal befand. Der Wärter schloss die Tür auf und mit einer fast menschlichen Bewegung zeigte er Tico, er solle den Raum betreten und sich mit dem Gesicht zur Wand stellen. Den Schritten nach vernahm er, dass eine zweite Person den Raum betrat. Es folgte die sinnlose Befragung, die er schon ein Dutzend Mal oder mehr, zuvor über sich ergehen lassen musste.

„Name!"

„Vorname!"

„Wohnort!"

„Geburtsort!"

Tico beantwortete jede Frage mechanisch ohne Gemütsregung im gleichmäßig schwachen Ton, ja sogar ein Hauch von Hoffnung durchstreifte sein Gesicht: er befand sich in einem Verhörraum. Der Befragende befahl ihm, sich umzudrehen und auf einem Sessel Platz zu nehmen.

„Warum wurde ich eingesperrt?" Darauf der Befragende: „Die Fragen stelle ich. Sie haben eine Tochter: Michaela, die eine verbotene, intime Beziehung zu einem Holländer unterhielt. Sie ist seit 24 Stunden verschwunden. Doch Sie werden uns genauere Auskunft darüber geben!" Tico fiel aus allen Wolken. Die ganzen Schikanen, die er in dieser kurzen Zeit ertragen musste, schienen ein Klacks zu sein und standen in keiner Relation zu dem Verschwinden seines einzigen Kindes. So viel Schmerz hielt sein Körper nicht mehr aus. Er fiel bewusstlos in sich zusammen. Ein Arzt wurde herbei gebracht, der ihm intravenös eine Spritze verabreichte. Aus der Bewusstlosigkeit aufgewacht, wusste Tico nicht, was mit ihm geschah. Der Befragende befahl dem Aufseher, der draußen vor der Tür wartete, ein Glas Wasser herbeizubringen.

Fast mitfühlend fragte ihn der Beamte:

„Wollen Sie nicht trinken?" Doch Tico trank gierig das Wasser und bemühte sich, seinen Geist wachzuhalten. Die Befragung ging weiter.

„Also: Wo ist Michaela?"

„Es ist mir nicht bekannt, dass meine Tochter ein Verhältnis mit einem Ausländer hätte. Wir haben vor vier Tagen miteinander telefoniert. Nichts deutete in unserem Gespräch daraufhin, dass etwas nicht in Ordnung sei. Wo ist meine Frau? Lassen Sie mich frei – ich bin unschuldig. Ich muss wissen, was mit meiner Frau und meiner Tochter geschieht!"

„Das sagen alle. Überlegen Sie, vielleicht können Sie sich doch erinnern, wo ihre Tochter ist?!?!?" Mit einer lauten Stimme rief der Befrager den Aufseher herein: „Der Herr Lehrer braucht Ruhe und ein warmes Bett. Morgen sehen wir uns wieder!"

Eine menschliche Anrede, dachte Tico, die erste in dieser Zeit. Oder war es nur eine Täuschung? Diese Leute, die in einer kalten, von Folter beherrschten Umgebung geprägt wurden - da wusste man nicht recht, wie man sie einschätzen sollte. Wenn man irgendwo vorsichtig sein müsste, dann mit Sicherheit hier.

„Hände auf den Rücken!", befahl der Wächter. Dieses Mal wurde Tico in ein komfortables Zimmer gebracht, relativ geräumig, das Bretterbett hatte sogar eine Matratze und ein kleines, wenn auch schmutziges Kopfkissen. Die Türe schloss mit einem lauten Knall und er war froh, wieder alleine zu sein. Wenig später brachte ihm der Wächter ein etwa halbes Kilo Brot und warmes Wasser, das eigentlich Tee hätte sein sollen, jedoch so schwach gefärbt, dass es kaum von Wasser zu unterscheiden war.

Tico schätzte sich glücklich und trank gierig seinen Becher in einem Zug leer. Das Brot wollte er später essen. Tico begann zu philosophieren: Was gut ist und was böse, wer eingesperrt werden soll, wer getötet, dass alles befand allein der Geheimdienst, die rechte Hand des Ceausescu-Regimes. Einmal in Ungnade gefallen, gab es kein Entkommen mehr."

Von Michaela noch immer keine Spur. Der Kapitän Simoni verließ vormittags, am 21. Juli, den Hafen von Galati. Er hatte Glück, denn niemand vom Sicherheitsdienst ahnte etwas von seinem Plan. Noch befand sich sein Schiff in den rumänischen Hoheitsgewässern, noch war die Gefahr nicht vorüber. Während der Zeit, in der der Schlepper sich durch die Donau zum Schwarzen Meer mühte, versteckte er Michaela in der Wäscherei unter der Schmutzwäsche und sorgte persönlich dafür, dass sie nicht entdeckt werden würde. Mit der Angst im Nacken und der Hoffnung im Herzen schien noch alles nach Plan zu verlaufen. Der Aufenthalt im Schwarzen Meer dauerte erfahrungsgemäß nicht lange. Der für die Wäsche zuständige Matrose wurde vorsichtig vom Kapitän gebeten, er möge einige Stunden nicht ohne ihn die Wäscherei betreten. Er würde ihm später Näheres sagen.

Marina, Michaelas Mutter, die zeitgleich mit ihrem Mann verhaftet worden war, wurde an demselben Tag freigelassen, nach Hause gebracht und unter Hausarrest gestellt. Die Wohnung der Familie wurde auf den Kopf gestellt, die Federkopfkissen aufgeschlitzt, die Matratzen zerschnitten, die Schränke durchwühlt, Kleiderstücke – jedes einzelne – untersucht. Marina schaute apathisch zu, wie zwei Männer in Uniform – den Rang konnte sie nicht erkennen – ihre ordentliche Wohnung in ein totales Chaos verwandelte.

Ein einziges Mal wagte sie nach ihrem Mann zu fragen. Doch keiner war bereit, mit ihr zu reden.

„Wir sind hier, um zu arbeiten und um Fragen zu stellen und wenn, dann stellen WIR die Fragen, nicht Sie!" Hoffnungen und Befürchtungen wechselten sich ab, sie war innerlich zermürbt – dieses harte Schicksal, das ohne jegliche Vorwarnung kam, schlug wie ein Blitz mit der Treffsicherheit eines Kometen ein und sie wusste nicht warum, genauso wie ihr Mann, von dem sie keine Informationen hatte. Sie waren unschuldig, doch solange ihre Tochter nicht aufzufinden war, galten sie als Mittäter, Landes-verräter und Komplizen. Von einem Sicherheits-beamten ständig bewacht, durfte Marina in ihrer Wohnung bleiben. Wie lange dieser Zustand anhalten sollte, wurde ihr nicht gesagt. Sie durfte keinen Kontakt zu ihrem Mann aufnehmen. Das unmen-schliche Verhör, das ihr Mann mitmachen musste, blieb ihr erspart.

Eine Woche verging: Tico befand sich nach wie vor in Untersuchungshaft, seine Frau Marina stand noch immer unter Hausarrest und von Michaela nach wie vor keine Spur: das bedeutete ein arges Versagen der Sicherheitsdienstmaschinerie, die so mächtig und stets in einem Schleier des Geheimnisses eingehüllt war. Der oberste Chef, dem Rang nach Major, wartete ungehalten auf Erfolgsmeldungen und da diese nach einer Stunde noch immer nicht eingetreten waren, fragte er sich, wie weit konnte er seinen Offizieren noch trauen konnte. Oder war es nicht an der Zeit, eine genaue Untersuchung in den eigenen Reihen durchzuführen? Das Misstrauen gegenüber seinen eigenen Leuten bekam beklemmende Züge. Einige Beauftragte, die die Aufgabe hatten, Michaelas Fall zu erledigen, rief er zu sich – jeden einzeln, ohne die Möglichkeit zu haben, sich zuvor abzusprechen. „Köpferollen" waren die Folgen, ihnen wurde schweres Versagen vorgeworfen, Unprofessionalität, lahmes Gehirn – seine Stimme bebte vor Zorn und er verlor beinahe die Kontrolle über seine starken Gemütsregungen. Er musste sich setzen, da ihm die Beine zu versagen drohten. Sein trüber Blick war nicht mehr in der Lage, die Farbe der Wände wahrzunehmen. Und doch, allmählich wurde das Verhör schwächer und seine Wut legte sich. Er merkte, dass Wutausbrüche ihm nicht weiterhelfen, folgedessen beruhigte er sich.

Die Maschine der „Tarom" landete, wenn auch mit etwas Verspätung, wohlauf in Amsterdam. Cles schlängelte sich durch den inneren Raum des

Flugzeuges, als wolle er als Erster aussteigen, um genauso als Erster in den Bus einsteigen, der bereit stand, die Passagiere zum Terminal zu fahren. Der Ausdruck seines Gesichtes wechselte in gleichmäßigen Abständen: bald lächelte er voller Zuversicht, bald machte er eine verzagte Miene, fast der Verzweiflung nahe. Nachdem er sein Gepäck von dem Laufband holte, ging er nach draußen und stieg in ein Taxi ein. Seine Wohnung, wo Frau und Tochter wohnten, befand sich an der Peripherie der Stadt in einer schön angelegten Grünanlage. Während der Fahrt, zirka eine halbe Stunde, blieb sein Zustand angespannt. In seiner Seele war eine verletzliche Ruhe. Bald würde er seine Frau und seine Tochter treffen. Es gab keinen Grund, ihnen mit trübsinnigem und unfreundlichem Gesicht zu begegnen, doch leichter gesagt als getan. Er musste eisern verschweigen, was er im Sinn hatte, so lange bis Michaela holländischen Boden betreten hatte. Auf seine Anweisungen hin, blieb der Taxifahrer vor einem hellblauen, dreistöckigen Haus stehen. Cles zahlte dem Fahrer die Summe, die die Taxiuhr zeigte und stieg aus dem Auto. Sein Geist wurde in der Not erfinderisch. Er betrat die Schwelle der Wohnung mit sicherem Schritt, umarmte seine Frau, die Tochter lief ihm freudig entgegen und Cles benötigte eine größere Überwindungskraft, um nicht Tränenschwäche zu zeigen.

„Meine kleine Emmi ist eine junge Dame geworden!", sagte er mit einer weichen Stimme. Zugleich jagten die Gedanken durch sein Gehirn, wie stechende

Messerspitzen. Emmi war gerade acht Jahre alt, er liebte seine Tochter, aber er liebte auch Michaela. Er war verheiratet, hatte eine Frau, aber es war so, als hätte er keine. Seine Gedanken waren rund um die Uhr bei Michaela. Er konnte ohne sie nicht existieren. Die Angst, es könnte ihr etwas zustoßen – er hatte noch keine Nachricht von Simoni erhalten – war so unerträglich, dass er sie, noch ehe sie ausreifte, eilends verdrängte, um keinen Verdacht bei seiner Frau zu wecken. Er erzählte ihr, dass er am nächsten Tag in die Firma fahren müsse, um wichtige Erledigungen zu tätigen. Das würde zirka eine Woche lang dauern, danach müsse er wieder nach Rumänien zurück fliegen. Gilda, Cles´ Frau, nahm guten Glaubens zur Kenntnis, was er sagte. Ohne ein winziges Augenzwinkern unterwarf sie sich der Überlegenheit ihres Mannes, Misstrauen hatte keinen Platz in ihrem Herzen. Sie war stolz auf ihren erfolgreichen Mann, der – ihrer Meinung nach – bestrebt war, durch seine Arbeit im Ausland genügend Geld für die Familie zu verdienen, um ein Haus irgendwo in einem schönen, ländlichen Gebiet errichten zu können. Dafür nahm sie die Abwesenheit ihres Mannes in Kauf, obwohl die Tochter und sie ihn vermissten. Erstaunlicherweise konnte Cles seine seelische Veränderung geschickt verbergen, seine Stimme wirkte beherrscht, wenngleich mit einem Hauch von Sorgen beschattet, denn er befand sich zugleich in einer äußersten sexuellen Frustration gegenüber seiner Frau. Die Sexualität, die er mit seiner Frau zehn Jahre lang erlebte, war zur Gewohnheit geworden, er fühlte sich wie eingesperrt in einem Raum, dessen Türe unmöglich zu öffnen war. Er küsste sie fast keusch, wie es die Kinder tun und versuchte alles auf seine Überarbeitung abzuwälzen.

„Doch, das wird vorübergehen", versuchte er seine Frau zu beruhigen. Was ihm blieb, war der Blick jener Augen, die imstande waren zu verstehen und geduldig zu warten. In diesem Augenblick fühlte er sich verpflichtet, ihr eine Erklärung schuldig zu sein. Um sich selbst frei zu fühlen, musste er Gilda und Emmi, wenn es noch so schmerzhaft wäre, die Wahrheit sagen, die es zuließ, auch ihnen die Freiheit zu geben, um einen neuen Lebensweg zu gehen. Noch fehlte ihm der Mut dazu, noch war Michaela nicht außer Gefahr. Er war auf der Flucht vor der wirklichen Wirklichkeit, er lebte unter dem neurotischen Zwang, den nur eine große Liebe zustande bringt. Sein Liebeshimmel war getrübt und heiter zugleich: das Wechselbad der Gefühle, unter dem er litt, schwächte zeitweilig seine Kraft.

In den folgenden Tagen, in denen er seiner Frau wichtige Arbeit in der Firma vortäuschte, fuhr er in der Stadt herum, um die Zeit totzuschlagen. Am Abend, so wie er mit Simoni vereinbart hatte, wartete Cles spannungsgeladen auf seinen Anruf. Am vierten Tag seiner Ankunft in Holland erreichte ihn der ersehnte Anruf.

„Es ist alles gut gegangen! Wir warten in der Türkei auf dich. Nicht vergessen: den Pass deiner Frau und eine blonde Perücke, die der Frisur deiner Frau ähnlich sieht, mitzubringen. Bei deiner Ankunft in

Istanbul rufst du mich an, um weitere Details zu besprechen."

Endlich der unsagbar befreiende Anruf! Er war sehr dankbar, wandte sich dem Himmel zu: solche Güte, die ihm der Herr schenkte, tat ihm weh. Es war ein Moment voller Dramatik, der in einem Theaterstück auf der Bühne seine volle Wirkung erreichen konnte, jedoch im Alltag kam es ihm fast kitschig vor. Wie auch immer: in diesem Augenblick empfand er so: also war es echt! Den Anruf empfing er in der Nähe seiner Frau, doch das Gespräch wurde in Englisch geführt, sodass es seine Frau nicht störte. Sie wusste, dass ihr Mann mit internationalen Firmen zu tun hatte, deren Verständigungssprache im Wesentlichen Englisch war.

Cles warf seiner Frau verstohlene Blicke zu, sie kam ihm fremd vor, sie war nicht unhübsch, doch sie erreichte ihn nicht mehr. Er war dem rumänischen Mädchen verfallen.

„Aber warum?", wollte er wissen….Das wusste nur der Himmel! Er unterhielt sich mit seinen eigenen Gedanken: noch nie hatte er so ernsthaft mit sich selbst gesprochen, obwohl er keine Worte fand. Das Fernweh war nicht mehr zu beherrschen. Er wünschte sich augenblicklich in Istanbul zu sein, er wollte irgendwo im wogenden Schwarzen Meer sein, frei von Angst, mit Michaela, endlose Zeit Herumfahren auf Wasserwegen des Unbekannten, und vielleicht neue Inseln entdecken. Cles vermied Gildas Blick und suchte nach einem Ausweg, um aus dieser für ihn beklemmenden Situation zu finden. Der übermäßigen

Anstrengung, seiner Frau gegenüber sich nichts von seinem seelischen Ballast anmerken zu lassen, konnte er doch nicht vollständig entkommen. Er schämte sich in Gedanken, als seine Frau ihn fragte, ob er Schwierigkeiten mit der Firma hätte.

„Nein, aber es gibt Ungereimtheiten mit den rumänischen Firmen, die die Vertragsbedingungen nicht einhalten wollen. Aber in zwei Tagen werde ich zurückfliegen müssen und momentan schaut es so aus, als wäre es möglich, alles zu erledigen. Mach dir darüber kein Kopfzerbrechen und pass auf Emmi gut auf!"

Am nächsten Tag fuhr er mit dem Auto seiner Frau nach Amsterdam und schlenderte den ganzen Tag durch die Stadt. Dabei sichtete er auch eine Perücke, die er unbedingt bei der Ausreise mitnehmen musste, doch kaufen konnte er diese erst an dem Tag seiner Abreise, die eigentlich in die Türkei geplant war und nicht nach Rumänien. Diesen Weg, den er vor wenigen Wochen eingeschlagen hatte, konnte er nicht mehr verlassen. Vollständigkeitshalber muss erwähnt werden, dass Michaela selbstverständlich davon ausging, dass Cles ledig sei. Und sobald der Spuk vorbei wäre, dass er sie heiraten würde. Also: so gesehen – die Last, die auf Cles´ Schulter drückte, war enorm. Auf einer Seite war er verheiratet, doch seine Frau ahnte nichts von seinem Verhältnis und andererseits Michaela, die ohne jeglichen Zweifel davon ausging, Cles würde sie heiraten. Anders könnte er doch nicht so verantwortungslos solche riskante, gefährliche Situationen eingehen. Ein mehr als schwieriges Unterfangen, mit ungewissem Ausgang. Es drückte ihn wie ein Bahrtuch, das er über sein Schicksal mit niemand reden durfte. Er stand auf dem Balkon seiner Wohnung, die Sommerluft war lieblich, mild und streichelte tröstlich seine Wangen. Doch in seinem Herzen donnerte es wie die hohen Wellen eines aufgebrachten Meeres. Die Umrisse eines Dämons bemühten sich, in seinem Geist hervorzutreten, um den Weg, der zu der Erfüllung seines Traumes führte, zu versperren. Doch sein starker Wille und die Macht der Liebe zwang dieses dämonische Gefühl, sich in eine dunkle Welt zu vergraben.

Sei es wie es sei!

Am 25. Juli erfolgte die Abreise in die Türkei. Am Vorabend entnahm er aus einer Dokumententasche den Reisepass seiner Frau, ohne dass sie davon etwas bemerkte, und legte diesen sorgfältig in seinen Aktenkoffer. Diese eine Nacht, die er noch zu durchstehen hatte, kam ihm - wie hätte es anders sein können – unendlich lange vor. Er war auf dem Weg zum Glück. Doch die Tür davor war halb versperrt. Er war froh, als die Morgendämmerung durch das offene Fenster des Schlafzimmers drang und seine Gedanken einigermaßen wieder in Ordnung brachte und sich somit eine gewisse Ruhe einstellte. Er stand auf und nachdem er eine Tasse Kaffee trank, bat er seine Frau, ein Taxi zu bestellen.

„Ich kann dich selbst zum Flughafen fahren! Emmi hat die Möglichkeit bei ihrer Freundin zu bleiben.“

„Mir ist es lieber mit dem Taxi zu fahren, lass dich nicht aus deinem gewohnten Rhythmus reißen!" Sein Flug war für zehn Uhr Vormittag vorgesehen, es blieb ihm genügend Zeit, um die so notwendige Perücke in der Stadt zu kaufen.

Das Taxi stand bereits unten. Er verabschiedete sich von seiner Frau mit einem kühlen Lippenkuss, Emmi, seine Tochter, hob er hoch, umarmte sie und bemühte sich, ohne Gefühlsregungen in das Taxi einzusteigen. Dann drehte er sich um, schloss die Türe mit einem lauten Knall, merkend, dass er die Tochter vermissen würde. In der letzten Nacht konnte auch Gilda nicht schlafen: es entging ihr nicht, wenn auch etwas zu spät, dass mit ihrem Mann etwas nicht stimmte. Als er wegfuhr und sie ihre Tochter zu den Freunden brachte, überkam sie ein bitterliches Weinen, ohne den Grund dafür nennen zu können. Es war ein ihr vorher unbekanntes Gefühl, das böse Ahnungen in ihr Herz bohrte. Und sie konnte dem nicht widerstehen. Eine fürchterliche Stille war die Folge. Sie fühlte sich wie eine verurteilte Gefangene und wartete, ohne wirklich zu hoffen, auf die Befreiung. Sie ertrug die Stille, die immer wieder über sie floss, mit gewisser Würde, der Täuschung verfallen, es wäre doch nicht wahr, was ihre Gefühle ihr suggerieren wollten. Die Worte, die ihr Cles beim Abschied sagte, gingen ihr durch den Kopf.
„Ich werde dir schreiben!"
„Worüber?", dachte sie, „dass er bald zurückkommen werde, um ihr zu sagen, es ist ‚aus'?" Dann

wiederum tat es ihr augenblicklich leid, solche Vermutungen in Erwägung zu ziehen, er hatte doch gesagt, dass es in der Firma Probleme mit der Arbeit gab. Sie stand auf, streckte die Hände zum Kopf hin, nahm die Haarspange, die ihre Haare zusammenhielt, weg und schüttelte ihr loses Haar. Ich will nicht weiter untersuchen, was in ihr vorging, der Blick auf die Uhr erinnerte sie, dass es an der Zeit war, der täglichen Geschäftigkeit nachzugehen.

In weniger als einer halben Stunde kam Cles in der Stadt an. Von einem Leichtigkeitsgefühl getrieben ging er eine kleine Seitenstraße entlang, kam an die Ecke, wo sich der Frisörsalon samt Zubehör befand. Dort kaufte er die blonde Perücke, die er vor ein paar Tagen sichtete. Etwas Furcht schlich sich ein, Furcht vor dem ungewissen Ausgang dessen, was er noch zu bewältigen hatte. Doch die Zeit erlaubte ihm nicht, sich mit Selbstzweifel zu beschäftigen. „Der Kampf, um etwas zu erreichen", dachte er, „liegt in der Natur des Lebens, wenn man sich für ein Ziel entschlossen hat". Und dennoch: er konnte nicht glauben, wie mühsam die Wirklichkeit war, samt seinen Wünschen, die zu seinem Glück noch immer im Hochgefühl seines Optimismus lebten. Er musste den Druck der Zeit überstehen. Er schloss für einige Augenblicke die Augen und vor seinem Geist stand ein versöhnliches Bild. Mut und Entschlossenheit wurden wieder stärker. Nachdem er die Perücke kaufte, bat er die Verkäuferin, ein Taxi zu bestellen, das nach einigen Minuten kam. Er stieg in das Taxi ein und sagte dem

Fahrer, er solle ihn zum Flughafen fahren. Er fühlte sich etwas entspannter, während der Chauffeur geduldig den Wagen durch die engen Stadtgassen nach Norden lenkte.

Zwei Tage vor seiner Abreise, nach seinem Gespräch mit Simoni, hatte er genug Zeit, ein Flugticket nach Istanbul zu kaufen.

Die Maschine der KLM hob sich mit lautem Getöse in die Luft. Der Mittagshimmel war bewölkt und es begann zu nieseln. Nach einer Weile überkam ihn eine leichte Müdigkeit: er schlief ein. Bald würde er der Welt zeigen, wie glücklich er ist, bald würde er seine Michaela in die Arme nehmen können, ihm war so, als würde er sie vor ihm stehen sehen. Wie ein Schatten vor seinen Füßen - und genauso wie ein Schatten tauchte vor seinen geschlossenen Augen das betrübliche Bild seiner Ehe auf und er erwachte plötzlich. Seine Gefühlswelt konnte man mit zwei Worten zum Ausdruck bringen: Leidenschaft und Zerrissenheit. Doch tief irgendwo in seinem Inneren stand die Entscheidung fest: alles war unausweichlich fixiert, er würde sich scheiden lassen, sobald Michaela aus der Gefahrenzone heraus kam.

Moralisch gesehen handelte er nicht gerade anständig, doch die weiche, gefühlvolle Stelle in seinem Inneren, deutete ihm, dass er das Schicksal hinnehmen solle, so wie es ist. Es wäre sowieso nicht mehr möglich, etwas zu ändern. Die Liebe ist mit Vernunft schlecht zu bezwingen. In der Liebe beherrscht das Herz den Kopf. Das Schicksal hat seine

Vorschriften, dem ein Mann sich nicht entziehen kann. Daher ist es sinnlos, sich zu fragen, warum und wieso und überhaupt??!!??

Nach mehreren Stunden Flug landete die Maschine in Istanbul. Nur eines hatte er im Sinn: Simoni anzurufen, endlich zu hören, dass alles gut gegangen war, dass sich Michaela auf dem Schiff befände, dass alles weiterhin gutgehen würde. Doch bevor Cles dieses Telefonat mit Simoni tätigen wollte, rief eine Stimme durch die Flughalle: „Herr Van De Dram Cles! Bitte melden Sie sich umgehend am Informationsschalter!"
In der Schnelle eines Augenblickes fiel seine Welt wie ein Dominospiel zusammen. Mit dem Gepäck in der Hand, mit vernebelten Blicken und zitternden Schritten näherte er sich dem Informationsschalter. Er wurde höflich nach seinem Namen gefragt. Danach übergab ihm die Dame einen Zettel, worauf sich eine Telefonnummer eines Hotelzimmers in Istanbul befand. Er war von Simoni. Noch wusste er nicht, was Simoni ihm am Telefon sagen würde. Als hätte er die Geduld und die Beherrschung verloren, drehte er sich um, lief einige Stufen hinunter und ging hinaus und entlang des Gebäudes einige Minuten hin und her, um etwas Ruhe zu finden. In Gedanken versunken, entschloss er sich, in eine sich in der Nähe befindende Telefonzelle zu gehen und wählte die Nummer, die er von der Dame an der Information bekommen hatte. Der grell klingende Ton machte ihn nervös, er hatte Mühe, den Hörer in der Hand zu halten. Es meldete

sich eine Frauenstimme, zuerst auf Türkisch. Auf seine Frage hin, ob sie Englisch sprechen würde, sagte sie ja, und er stellte sich mit seinem Namen vor.

„Ach ja, Sir! Es liegt eine Nachricht an der Rezeption. Bitte melden Sie sich in einer Stunde wieder! Thank you!"

„Was soll das?", regte er sich auf, „ist das eine Falle, die von irgendjemandem aufgestellt worden war oder waren es nur meine Nerven, die mir kaum noch gehorchten??!??"

Eine Stunde kam ihm wie eine Ewigkeit vor. Ein unerträglicher Durst nach Stillung seiner Sehnsucht nach Michaela stieg ins Unermessliche, dazu die Angst, die ihm die letzte Restruhe raubte. Er verspürte einen Zwang, sie zu sehen, sie zu besitzen, mit ihr zu brennen, mit ihr zu verschmelzen – er fürchtete sich, sie nie wiederzusehen. Umgeben von einer entsetzlichen Stille – trotz der lärmenden Menschenmenge – hatte er das Gefühl, in sich einzustürzen. Er schloss die Augen und versuchte mit der letzten Kraft, diese zerstörerischen Gedanken zu verbannen, aus seinem Geist zu löschen.

Eine Stunde war vorüber. Cles ging ein zweites Mal in die Telefonzelle und wählte eilig die Nummer des Hotels, er hoffte so sehr, Michaelas Stimme zu hören. Nach wenigen Augenblicken meldete sich eine Männerstimme: Simonis´ Stimme! Ein kurzer Moment der Stille. Cles spürte die viel ersehnte Erleichterung, obwohl er noch immer nicht wusste, was mit Michaela geschah.

„Wir warten auf dich, mein Freund! Nie in meinem Leben schien mir zuvor, dass die Zeit einfach stehen blieb, dass die Nacht ewig dunkel bleiben wollte… aber nun bist du da! Also: alles in Ordnung, bis dann. Ich warte im Hotel auf dich!"

Cles stieg in ein Taxi, sagte dem Fahrer die Adresse des Hotels und bemühte sich, Ruhe zu bewahren. Die halsbrecherische Fahrerei durch Istanbul lenkte ihn dermaßen ab, dass er in diesem Moment sich nur eines wünschte: Heil und unfallfrei im Hotel anzukommen.

Im Foyer des eleganten Hotels ging Simoni ungeduldig hin und her. Dann wiederum schaute er besorgt nach draußen und die Zeit wollte nicht vergehen.

Ein kurzer Regenschauer kühlte den glühenden Asphalt ein wenig ab. Die Leute suchten Regenschutz in Hauseingängen, in den Läden und warteten, bis die dunkelgraue Wolke ihr Nass auf die Erde ablud. Endlich war es soweit! Mi den Blicken in alle Richtungen suchend, ging Cles zur Rezeption.

„Hallo, mein Freund!", begrüßte ihn Simoni. „Du siehst fix und fertig aus. Wo bist du solange geblieben?"

„Die Fahrerei durch Istanbul ist ein halsbrecherisches Wagnis. Ich bin froh, heil das Hotel erreicht zu haben. Wo ist Michaela? Wie geht es ihr? Ist alles in Ordnung?"

So viele Fragen auf einmal, deren Antworten er gleich haben wollte.

„Langsam, der Reihe nach. Zuerst nimmst du ein Zimmer, ich habe schon eines für dich reservieren lassen. Danach können wir uns in Ruhe unterhalten. Nur nicht laut, nicht nervös werden, Vorsicht ist die Mutter der Porzellankiste. Die beiden Männer gingen hinauf in das erste Obergeschoss. Cles sperrte die Tür auf, ging hinein und wusste nicht, was er glauben sollte, was Simoni mit ihm vorhatte; er fühlte sich ganz ratlos.

„Mein Zimmer ist gleich Vis à Vis. Warte hier einen Augenblick. Ich komme gleich. Du sollst die Türe nicht zusperren."

Cles wandte sein Gesicht zum Fenster – es war Stille in seinem Zimmer: der wütende Regenschauer peitschte gegen die Fensterscheiben. Ein leichtes Geräusch unterbrach die unheimliche Stille des Zimmers. Die Türe öffnete sich. Simoni, in Begleitung von Michaela, betrat das Zimmer.

„Oh Gott! Ich dachte, ich würde dich nie wiedersehen, Michaela!" Einige Augenblicke lang konnte er nichts anderes sagen. Auch sie sah ihn an, in ihren Augen las er Dankbarkeit, aber auch eine noch nicht ganz erlöschte Angst; noch war sie nicht über den steilen Berg. Simoni verließ wortlos das Zimmer. Sekundenlang sahen sie sich die zwei stumm in die Augen. Dann fiel Cles ihr um den Hals, riss sie mit einer ungestümen Leidenschaft an sich, ihre Lippen trafen sich in rasender Sehnsucht. Er spürte das Vibrieren ihres dünn bekleideten Körpers (sie hatte nur das Kleid an, welches sie beim Verlassen ihres Landes trug). Er war ihr Gefangener, ohne jemals dieses

Gefängnis verlassen zu wollen. Sie küssten sich einander – immer wieder. Die Gewalt des Verlangens nach ihr drängte sich unaufhaltsam, unkontrolliert und wild hervor. Seine hungernden Lippen pressten sich auf die ihren, seine sexuelle Erregung löste in ihm ungezähmte, bis jetzt ihm fremde Gefühle in ihm aus: Triebhaftigkeit, die sich bis zum Wahnsinn steigerte vermischten sich mit dem starken Gefühl der Liebe, die ihn schweben ließ. Von seiner Heftigkeit überwältigt ließ sie ihren Kopf in seine Arme fallen, es schien so, als wäre sie ohnmächtig geworden. Er legte sie auf das Bett; sie lag da in einer sündhaften Schönheit, unfähig sich zu bewegen. Wie ein wild gewordenes Tier begann er sie zu entkleiden und küsste sie voller Verlangen. Ihr Gesicht war zur Hälfte von einer schwarzen Haarsträhne verdeckt, ihre nackten Beine spreizten sich verführerisch. Er bedeckte ihren jung duftenden Körper immer wieder mit brennenden Küssen; sie fügte sich seiner Leidenschaft. Sein steifes Glied suchte die enge Liebesstelle und stieß mit animalischer Brutalität zu. Sie umarmte ihn mit der Entschlossenheit, sich für immer und ewig an ihn zu binden. Der Erguss war nicht mehr aufzuhalten. Stöhnende Worte…

„Meine Liebste! Du gehörst mir, mein Leben lang!" Es folgte totale Stille. Sie waren seelisch und körperlich vereinigt und lagen nebeneinander, die Hände ineinander gehakt, überwältigt, ja gelähmt von der Macht der Liebe. Michaela hatte ihn in ihrer Gewalt: seine ganze Manneskraft hat sie ihm aus den Adern gezogen, weich und willenlos lag er da und starrte die

Decke des Zimmers an. Eine unerklärliche Angst stürmte durch seine Gedanken. Er wandte sein Gesicht zu ihr, hilfesuchend. Er musste reden, um die erdrückende Stille zu brechen.

„Liebste, du hast mir die Kraft gegeben, dich hierher zu holen, zu mir. Und nun in wenigen Augenblicken hast du mir die Kraft genommen, die ich bräuchte, um klar denken zu können." Michaela wusste noch immer nicht, dass er eine Frau und eine Tochter hatte. Doch dieses schwer belastende Geheimnis war nicht mehr aufzuschieben. Der weitere Fluchtplan sah vor, dass Michaela mit dem Pass seiner Frau gemeinsam mit ihm nach Holland fliegen sollte. Seine Gedanken formte er zu einem Gebet, das ihm Kraft geben sollte, um diesen Zustand bewältigen zu können.

„Vergib mir, oh Herr, dass ich dein Gesetz gebrochen habe! Gib mir Rat und einen Hinweis, wie ich handeln soll, um all mein Vorhaben zu einem guten Ende zu bringen." Dabei sah er immer nur Michaelas Gesicht an. Er begann zu weinen, ohne weinen zu wollen. Nun musste er feststellen, dass die moralische Natur kongenial ist, deren Verantwortung sie sich stellen mussten, auch wenn seelische Blessuren nicht zu vermeiden waren. Obwohl er kein Dogmatiker war, nie mit Gott Gespräche führte, irgendetwas, ein nicht vorher gekanntes Gefühl, machte ihn ruhig und er gewann eine gewisse Klarheit über seine Gedanken. Noch wusste er nicht, wie er anfangen sollte. Den Schuldgefühlen, die immer wieder zu sticheln versuchten, schenkte er keine Aufmerksamkeit mehr. Ist doch die Liebe die überwältigendste Kraft des

Universums, die auf ihrem Weg, Herzen zu erreichen, kein Hindernis und keine Umkehr kennt. Sie ist wie eine höhere Gewalt: unbestechlich, unbeirrbar, der Mensch hat nur bedingt Einfluss darauf. Sie kommt, wenn sie überzeugt ist, das wahrhaft geliebt wird. Und sie geht kompromisslos, wenn die Herzensstimmungen aus dem Gleichgewicht geraten sind. Der Betroffene versucht oft seine Selbstachtung, seinen Stolz durch forcierte Stärke zu bewahren, doch: wem nützt diese Stärke? Ihm selbst am Wenigsten. Die Liebe hat die Macht alles zu geben, genauso wie alles zu nehmen: dazwischen – Vakuum.

Er lag neben ihr, den Blick an die Decke gerichtet, verdrängte seinen größten Feind: die Angst, die ihn beharrlich immer wieder versuchte, innerlich zu schwächen, ihn zum Schweigen zu treiben. Eine zermürbende Situation. Michaela hielt seine Hand, drängte nicht, fragte nicht, ihre Blicke fielen auf sein erstarrtes Gesicht ohne beunruhigt zu wirken. Obwohl ihre Freiheit noch immer nicht abgesichert war – ein letztes Hindernis stand noch bevor: sie fühlte wie ein Hauch dieses erhabenen Gefühls über ihr schwebte. In diesem Augenblick tat sie instinktiv das Richtige: sie deckte sein Gesicht mit Küssen, das dann zu strahlen begann. Ihm wurde die Tiefe seiner Liebe zu ihr bewusst. Sonst hätte eine solche Opferbereitschaft seinerseits nicht entstehen können. Er nahm sie in die Arme und sagte ihr etwas ungeschickt, dass sie immer Seine bleiben wird. Sie verzauberte seine Seele, seinen Körper: er war ihr gehorsam und widerspruchslos verfallen. Der innerliche Zwang löste sich auf, die Schuldgefühle glaubte er im Griff zu haben. Seine Konzentration lenkte er auf die Worte, die er ihr sagen wollte, die zu dem Geständnis hin führen sollten, er könne ohne sie nicht leben, was auch der Wirklichkeit entsprach.

„Liebste, ich bin dir eine Erklärung schuldig, die nicht mehr aufzuschieben ist und hoffe, dass du mich verstehen wirst, ohne mich dafür entschuldigen zu müssen; es würde sowieso nichts daran ändern. Dazu ist es schon zu spät. Dass was uns aneinander bindet, soll uns für immer binden, dafür ist es notwendig, meine Ehe aufzulösen. Ich bin verheiratet und habe eine Tochter. Doch seit du in mein Leben eingetreten bist, hatte ich nur einen einzigen Gedanken: bei dir zu sein – egal, wo du dich befindest. Ich betrachte es als glückliches Schicksal, dass es dich zu mir brachte und so Gott es will, soll es so bleiben, außer du kannst meine verspätete Ehrlichkeit nicht verzeihen und wählst einen anderen Weg. Zugleich aber weigere ich mich zu glauben, dass du es tun wirst, weiß doch dein Herz, dass ich dir gehöre und dass es mein stärkster Wunsch ist, dich die Meine nennen zu dürfen. Ich versichere dir, dass meine Absichten klar sind und sobald wir Holland erreichen, werde ich die Scheidung einreichen. Doch lass uns nun andere Dinge besprechen, die auch wichtig sind, um die türkische Grenze gefahrlos zu passieren. Ich habe den Pass meiner Frau mitgenommen, da sie blonde Haare hat, habe ich eine blonde Perücke gekauft, die der Frisur des Passbildes ähnlich ist. Wir werden gemeinsam nach Holland fliegen, das ist das letzte große Hindernis, das wir zu überstehen haben. In Holland angekommen, brauchst du keine Sorgen mehr zu haben. Du wirst eine Zeit lang bei meinen Eltern wohnen, inzwischen werde ich eine Wohnung suchen, in die wir gemeinsam einziehen können." Michaela schaute ihn voller Bewunderung an: keine Spur von Vorwürfen, keine Szenen; sie war von großem Mut und Zuversicht erfüllt, sowohl für den Augenblick, als auch für die Zukunft. Fast hellsichtig konnte sie sich das Leben an seiner Seite in einem Land, frei von Beobachtungen und Zwängen, vorstellen. Wie durch ein Fernglas, das man einstellen kann, um das anvisierte Objekt näher herzuholen, so sah sie ihr Ziel näher kommen. Einige Dornen und Steine waren noch aus dem Weg zu räumen. Aber sie wusste, dass das Schicksal ihr gut gesonnen war.

Ein Klopfen an die Tür erinnerte die beiden, dass Simoni – als dritter im Bund – das lange Warten bereits zu viel war. Cles öffnete mit lachendem Gesicht die Zimmertüre.

„Komm herein, lieber Freund! Setz dich." Cles bot ihm einen Drink an aus dem Kühlschrank, der sich in dem Zimmer befand.

„Warum schaust du mich so an? Wie soll ich denn anfangen, es dir zu sagen? Michaela weiß die ganze Wahrheit." Er griff mit der rechten Hand nach ihr, um zu fühlen, dass sie da war.

„Lieber Freund, wir wollen noch heute abfliegen, sollten wir Flugtickets bekommen. Zuerst aber möchte ich dir die große Achtung und Dankbarkeit meiner Person dir gegenüber für deine immense Hilfsbereitschaft aussprechen. Du hast, obwohl diese Situation mit einem großen Risiko verbunden war, es nicht gescheut, uns zu helfen. Dafür danke ich dir, lieber Freund. Von nun an müssen wir es alleine schaffen. Und wir werden es schaffen. Ich werde dich von allen folgenden Ereignissen in Kenntnis setzen.“ Die Verabschiedung der zwei Freunde war herzlich, wenn auch mit einem bitteren Nachgeschmack, den jeder Abschied mit sich bringt. Ein Abschied, der das Herz anrührte.

Simoni fuhr den Weg zu seinem Schlepper, während Michaela und Cles noch eine Stunde im Hotel verweilten. Sie waren noch immer auf der Flucht, doch mit der Hoffnung, dass diese Angst, die sie als Begleiter im Unterbewusstsein hatten, bald von Seele und Körper abfallen würde, um sie zu befreien, um sie gesunden zu lassen. Die ganze Kraft des Augenblicks lag darin, die letzte Hürde zu überwinden. Cles genoss Michaelas Nähe, ihre rührend zärtliche Art: bei dem Gedanken, für immer mit ihr zu leben, schlug sein Herz hohe Wellen, getrieben von dem ganzen Glück des Alls, wie er glaubte zu empfinden und wie seine innere Stimme ihm zuflüsterte.

Mit leichtem Schritt ging Cles zum Fenster, zog die seidene Gardine zur Seite und öffnete es. Dann wandte er sich zu ihr und als sich ihre Augen trafen, streckte sie ihre Hände nach ihm aus und wie ein verängstigtes Kind fiel sie ihm in die Arme, erfüllt von einer wilden Entschlossenheit – passiere, was wolle –

mit ihm durch dick und dünn zu gehen. Die ganze Welt soll erfahren, wie sehr sie ihn liebte. Sie wirkte gefasst, der Atem ging ruhig, ihr Gesicht strahlte einen entspannten Ausdruck aus. Liebe in der Freiheit!!!!!

Noch waren sie nicht am Ziel. Doch angesichts des überwältigenden Glücksgefühls konnte sie sich ihre Zukunft klar vorstellen: vor ihr lag ein neues Leben, mit neuen Anforderungen, die sie sicher bestehen würde. Im Raum herrschte zärtliche Stille – ihr Kopf an seiner Schulter.... .

Diese beglückenden Augenblicke waren tatsächlich nur kurz bemessen: den süßen Tagträumereien mussten sie, so schwer es ihnen fiel, ein Ende setzen. Die Zeit drängte. Cles und Michaela sahen einander an. Sie fühlten sich als Teil eines Kontinents, einer Welt, die durch feindliche, unnatürliche Grenzen getrennt waren, doch der Liebe sind solche Grenzen fremd. Sie ist weder rumänisch noch holländisch: Liebe ist kosmisch, voller Mysterien und für die ganze Welt gleich strukturiert. Wie töricht ein politisches System sein konnte, das durch schizophrene Gesetze verbot, was sich nicht verbieten ließ: das stärkste Gefühl des menschlichen Wesens - die Liebe.

„Lass uns aufbrechen!" Michaela machte sich zurecht, setzte die blonde Perücke auf, sah sich im Spiegel an: diesen Kopf kannte sie nicht – so fremd erschien ihr ihr Aussehen. Cles ging inzwischen zur Rezeption und beglich die Rechnung. Danach ging er wieder in das Zimmer, um gemeinsam mit Michaela das Hotel zu verlassen. Die Frau an der Rezeption nahm von Michaela keine Notiz. Sie stand vor der Tür: einen Augenblick lang meinte Cles, eine fremde Frau vor ihm zu sehen. Das Kleid, das einzige Bekleidungsstück, das sie hatte, schien anders zu sein. Das blonde Haar hing lose bis zu den Schultern. Diese Erscheinung elektrisierte ihn: welche Frau stand vor ihm? Michaela oder Gilda? Einige Augenblicke erinnerte er sich an die glücklichen Tage mit Gilda, doch diesen Schock musste er schnell dämpfen.

Michaela hielt eine kleine Tasche in der Hand, die sie von Simoni bekommen hatte. Darin befand sich das Notwendigste: eine Zahnbürste, Zahnpasta, den falschen Pass, den sie von Cles erhielt und zwei Slips. Er schaute sie einige Augenblicke wortlos an, doch diese Stille empfand er als unerträglich. Er wünschte sich, Michaela würde diese Stille brechen, etwas sagen, doch sie sah ihn an und ließ ihre Blicke sprechen. Sie warf sich ihm an den Hals, hielt inne: sie wollte etwas sagen, doch sie fand keine Worte. Er streckte seine Hände aus, holte tief Atem und umarmte sie. Er hasste die Stummheit, die ihn zu erdrücken drohte.

„Sag etwas, sag, dass du mich liebst, dass du glücklich bist, sag irgendetwas!"

„Ja, ich bin glücklich, niemand weiß besser als ich, wie viel Dankbarkeit ich diesem Glück schulde: ich betrachte dieses Glück als ein Porzellanbibelot, dessen Zerbrechlichkeit von mir abhängig ist!" Seine Augen waren auf sie geheftet, forschend. Ein leises Geräusch deutete darauf hin, dass jemand die Türe herauf kam. Aus diesem Traumzustand aufgewacht, mussten die zwei feststellen, dass der Gang der Zeit nicht stehen bleiben konnte und sie das letzte Hindernis zu bezwingen drängte. Nur dann, wenn sie all diese Gefahren hinter sich hatten, konnten sie vom vollkommenen Glück reden, ihre Hände trafen sich.

„Wir müssen gehen!"

Cles zog mit einer Hand seinen rollenden Koffer mit, mit der anderen hielt er Michaelas Hand fest. Hinter ihnen eilende Schritte. Cles drehte den Kopf um: ein Mann im hellen, eleganten Anzug rückte immer näher.

Cles wurde von einer Unruhe erfasst, doch er ließ sich nichts anmerken. Er löste seine Hand, mit der er Michaelas Hand hielt, bedeckte für die Länge einer Sekunde seine Augen, als würde ihm das Licht weh tun. Doch die kurze Dunkelheit verwirrte ihn noch mehr. Er wandte den Blick zu Michaela und legte die Hand auf ihre Schulter. Seine schmalen Lippen zeigten einen Anflug von einem Lächeln, obwohl ihm nicht danach war. Am liebsten wollte er heulen, seine Gedanken trübten sich: es kostete ihn viel Überwindung, ruhig und beherrscht zu bleiben. Der Mann dahinter schritt gleichmäßig eilend einher, überholte die zwei, er wirkte sehr konzentriert, in sich vertieft, sodass man den Eindruck bekam, er übersah Cles und Michaela. War dieser Mann ein Spitzel oder schätze Cles die Situation falsch ein? Die zweite Vermutung war ihm lieber, denn bekanntlich: der Mensch glaubt viel lieber das, was er glauben möchte.

Sie gingen die letzten Stufen hinunter, bei der Rezeption vorbei, hin zu der Ausgangstüre.

Einige Taxis standen eingereiht vor dem Hotel. Die Hitze der Mittagszeit staute sich zwischen den hohen Gebäuden der Großstadt, die Luft war schwül, erdrückend und roch nach abgestandenem Wasser. Michaela wurde etwas übel und sie bekam Kopfschmerzen. Ihr einziger Wunsch war, so schnell wie möglich die Stadt zu verlassen. Sie stiegen in das erste Taxi ein und gaben dem Fahrer die Richtung bekannt.

„Zum Flughafen, bitte!"

Die Fahrerei durch Istanbul war mindestens genauso abenteuerlich wie die Flucht aus Rumänien: Hupen, überholen ohne zu blinken, laut schimpfen – mit anderen Worten: ein Chaos. Doch sie kamen ans Ziel: ihrer Meinung nach vollbrachte der Fahrer ein Wunder.

Cles erhoffte sich, ohne lange warten zu müssen, Flugtickets nach Amsterdam zu bekommen. Gemeinsam gingen sie zum Informationsschalter. Er fragte mit einer sicheren, ruhigen Stimme nach dem nächsten Flug nach Holland. Doch seine innere Sicherheit war instabil. Es war elf Uhr dreißig Mittags. Die Dame an dem Informationsschalter schaute nach, dann mit einer strengen Höflichkeit teilte sie ihnen mit, dass sich erst am Abend um 19:00 Uhr die nächste Flugmöglichkeit nach Amsterdam bot.

„Eine ziemlich lange Zeit", dachte er. Ihm ging der Mann aus dem Hotel, den er zuerst für einen Spitzel hielt, nicht aus dem Kopf. Dieser Gedanke wühlte ihn auf, er spürte eine Kraftlosigkeit in ihm, die Angst wachsen ließ: es war so, als würde er nur darauf warten, dass gleich irgendwelche Sicherheitsbeamten eintreten würden, um ihn und Michaela zu verhaften. Cles kaufte zwei Flugtickets und bemühte sich, soweit er noch konnte, Würde und Gelassenheit zu zeigen. Sieben Stunden Wartezeit? Dieses untätige Warten, stets mit der Angst im Nacken!.....

„Lass uns ins Restaurant gehen!"
Langsam kehrte seine Kraft zurück. Der Verdacht, den er auf den Mann im Hotel lenkte, war noch lange kein Beweis. Abgesehen davon, im Falle einer Verhaftung konnten sie sowieso nichts dagegen unternehmen. Warum also den Kopf zerbrechen? Seine phanta-siereiche Vorstellung, bald mit Michaela ein neues Leben zu beginnen, stellte sich als Gegenkraft zur momentanen Situation dar, somit kam die Seele wieder ins Gleichgewicht.

Zurück nach Rumänien:
Vor Michaelas Eltern lag ein langer, mit Leiden gepflasterter Weg, dessen Ende unbestimmt war. Ihre Mutter stand noch immer unter Beobachtung, doch sie konnte sich einigermaßen frei bewegen. Sie durfte weiterhin als Lehrerin arbeiten, doch die Nachricht, ihre Tochter sei mit einem Ausländer aus dem Westen verschwunden, machte ihr das Leben nicht leichter. Die Freunde mieden sie aus Angst, in Verdacht zu geraten, etwas davon gewusst zu haben.

Sogar die eigenen Verwandten hielten sich zurück, mit ihnen engeren Kontakt zu pflegen. In dieser Zeit fürchtete jeder jeden in Rumänien. Manchmal ging es soweit, dass man sogar den Blutsverwandten nicht mehr traute. Eine schlimme Angst!

Sie mussten sich langsam auf ein lang anhaltendes Leiden vorbereiten, welches mit der Zeit fast einen Gewöhnungseffekt auslösen könnte, um das Ganze erträglicher zu machen. Marinas größte Sorge war die Abwesenheit des Mannes und selbstverständlich die Ungewissheit über ihre Tochter. Sie dachte sogar ans Sterben, mit diesen Gedanken überkam sie eine Art von seelischem Frieden. Sie konnte sich mit niemand aussprechen, einen Rat einholen, sie stand alleine da, nur auf sich selbst gestellt mit all den Schwierigkeiten, von denen sie nicht wusste, wohin sie sie führen würden. Sie durfte ihren Mann noch immer nicht besuchen, sie wusste nicht einmal, wo er war.

Der Leser wird sich fragen, warum sie sich keinen Rechtsanwalt nahm, um leichter zu ihrem Recht zu gelangen. Eine Rechtsvertretung im Sinne eines Rechtsstaates gab es nicht in Rumänien. Soviel ich weiß, existierten sehr wohl Rechtsanwälte, doch nur pro forma. Ihre Einflüsse auf ein Verfahren, wenn noch so eindeutig, waren gleich null. Polizei, Sicherheitsdienst, Staatsanwaltschaft – dieses Machtkonglomerat konnte nicht einmal ein kosmischer Lichtstrahl durchbrechen. Die Rechtsanwälte liefen unauffällig hinter dem System her, um ihre Existenz bewahren zu können, ohne etwas zu bewirken. Wie schon erwähnt, Michaelas Vater wurde inzwischen als

Lehrer suspendiert. Dieses Thema war Gesprächsstoff Numero Eins in Klausenburg.

Vier Wochen nach Ticos Verhaftung bekam seine Frau Marina Erlaubnis, ihn zu besuchen. Er befand sich nach wie vor in Untersuchungshaft. Für sie war das so etwas wie ein Lichtblick in der totalen Finsternis, in der Marina lebte. Sie wusste wenigstens, dass ihr Mann lebte, denn auch das war nicht selbstverständlich. In Begleitung zweier Sicherheitsbeamte wurde sie an einem Mittwochvormittag mit einem unauffälligen Auto abgeholt. Das Gelände, wo sie hingebracht wurde, war kein Gefängnis im wahrsten Sinne des Wortes, vermutlich war es eine Sicherheitsdienststelle, die sie nur von außen kannte. Dort angekommen gingen alle drei durch die bewaffnete Eingangstüre des Gebäudes und schritten einen langen Korridor entlang. Die zwei Männer sahen Marinas Angst ins Gesicht geschrieben und es bereitete ihnen offensichtlich Vergnügen. Sie wurde in ein kleines Zimmer geführt, dessen Wände nackt und kalt waren. Ein Tisch und zwei Sessel standen mitten drinnen. Sie musste dort warten. Eine Stunde lang wurde sie ihren Ängsten überlassen. Der diensthabende Beamte kam ins Zimmer herein, ohne zu klopfen und ohne Begrüßung. Sein Gesicht glich einer erstarrten Maske. Seine Worte bestanden bloß aus einigen Befehlen: „Geben Sie Ihre Handtasche her. Sie dürfen Ihrem Mann nicht näher kommen, nicht die Hand geben, nicht küssen. Die Besuchszeit ist auf zehn Minuten begrenzt." Marinas Gesicht war weiß, sie begann zu weinen, ohne zu schluchzen. Nichts erleichterte ihre Seele besser. Der Mann verschwand, ohne dass sie es gemerkt hätte. In diesem verdammten Zimmer herrschte erdrückende Stille: Marina trocknete ihre Tränen mit der bloßen Hand. Sie wirkte etwas gefasster, der Atem ging ruhig. Plötzlich öffnete sich die Türe. Ihr Mann, in Begleitung eines Beobachters, kam herein. Marina vernahm auf Ticos Lippen eine schwache Andeutung eines Lächelns. Sei sprang von ihrem Sessel auf, wollte ihn umarmen, doch der Begleiter drückte seine Hand auf ihre Schulter und befahl ihr, sich hinzusetzen. Das versetzte ihr einen neuen Schmerz. Die Tränen überschwemmten ihr Gesicht, sie saß stumm ihrem Mann gegenüber; sie verdrängte das Schluchzen und es gelang ihr, sich zu beruhigen. Der Türsteher beobachtete mit Argusaugen das Geschehen. Ihm durfte nichts entgehen. Tico wollte nach ihrer Hand greifen, aber es gelang ihm nicht: er durfte nicht.

„Jede Art der Berührung ist verboten!", schrie der Aufseher. Tico verschluckte die Worte, die er dem Mann an der Tür sagen wollte und es war gut so. Trotz alledem hellte sich sein Gesicht auf. Er gab sich dem Zukunftsgedanken hin: seine Stimme unterbrach die Stille. Er fragte seine Frau, wie es ihr ginge, sagte ihr, dass er sie liebe, dass alles gutgehen würde. Der Raum erfüllte sich für einige Augenblicke mit Hoffnung, sie blickten sich an, in Gedanken aneinander umarmend, unzertrennlich.

„Bleib tapfer! Ich komme bald heim!", sagte er als Abschiedsworte zu seiner Frau. Nach dieser kurzen Begegnung wurde seine Frau nach Hause gebracht und Tico in sein trostloses Zimmer. Dort angekommen tat er etwas, was er nie zuvor getan hatte. Er betete: ein Gebet von ihm selbst verfasst.

Das Warten am Flughafen war langweilig und zermürbend zugleich. Michaela und Cles verließen das Restaurant und gingen in den lärmenden Warteraum zurück. Die Fluggäste eilten hin und her – jeder mit seinen Gedanken beschäftigt. Die beiden setzten sich auf einer Wartebank nieder, schauten sich wortlos an und immer wieder erkannten sie, dass sie nicht wie die anderen waren. Das letzte Hindernis, das sie zu überwinden hatten, schwebte wie ein Damoklesschwert über ihren Köpfen: sie warf sich in seine Arme, Schutz suchend.
„Keine Angst, Liebste! Wir kommen unbeschädigt durch!", sagte Cles. Damit wollte er nicht nur Michaela, sondern auch sich selbst trösten und Mut machen. Für Augenblicke kam in ihm der Wunsch hoch, davonzulaufen, sich irgendwo zu verstecken. Doch solche Gedanken durften nur die Dauer eines Augenblickes haben. Er konnte sich nicht leisten, den Kopf zu verlieren, denn er war ausschließlich auf sich selbst gestellt. Simoni, sein Freund, konnte für ihn nichts mehr machen. In diesem Moment stellte er fest, von einem aufwühlenden Zorn gegen sein Schicksal, dass er als ungerecht empfand, beherrscht zu sein. Es war noch so viel zu erledigen: er musste

noch seiner Frau beibringen, was er wirklich vorhatte. Plötzlich ging eine Frau mit ihrer Tochter bei ihm vorbei, die in etwa im gleichen Alter war wie seine Tochter. Er schaute ihr nachdenklich nach, dann wandte er seinen Blick Michaela zu, legte seine Hand auf ihre Schulter, lächelte geistesabwesend, es kam ihm alles surreal vor. Doch langsam hatte er seine Emotionen wieder im Griff. Sein Zorn verflog wieder. Er betrachtete die Gesichter der umhergehenden Fluggäste, doch dieses Mal ließ er mehr Optimismus walten. Auch er war einer von vielen Fluggästen, der auf sein Flugzeug wartete: alle seine Gedanken, die auf seinem Geist lasteten, verdrängte er erfolgreich. In dem Wartesaal hörte man immer wieder Lautsprecherstimmen, die die verschiedensten Flugziele bekanntgaben. Noch zwei Stunden und auch er und seine Michaela würden zu ihrem Flugzeug gebracht werden. Niemand würde irgendeinen Verdacht schöpfen. Seine Hand, die noch immer auf Michaelas Schulter lag, schien zu einem Lebensanker geworden zu sein, der ihm Halt und Mut gab, wenn seine Gedanken ihre Wege zu gehen drohten. Er war aber überzeugt, dass diese durch-dringende, aufmunternde Wirkung auch anhalten würde, wenn Cles seine Hand von ihrer Schulter wegnahm.

Michaela hatte sich bis jetzt kaum über die Situation ihrer Eltern geäußert. Sie wollte die ohnehin belastende Situation nicht zusätzlich erschweren. Ihr war bewusst, in welche Gefahr sie ihre Eltern brachte und dennoch hoffte sie nach dem erreichten Ziel ihnen helfen zu können, wenn sie auch momentan keine Ahnung hatte, wie. Kurze, dunkle Szenen liefen sekundenlang vor ihren Augen ab. Doch gerade diesen Druck konnte sie überhaupt nicht brauchen. Dann betrachtete sie Cles´ Gesicht. Er zog ihren Kopf an seine Brust.

„Michaela, ich verstehe deine Gedanken, aber wir werden es schaffen." Dabei hätte seine Stimme fast versagt. Dennoch redete er weiter:

„Michaela, ich liebe dich!", und er hielt sie an sich gedrückt, bis die Stimme aus dem Lautsprecher die bevorstehende Uhrzeit des Fluges nach Amsterdam durchgab. Der Trancezustand war schnell beendet. Sie sprangen von ihren Sitzplätzen auf, umarmten sich, seine Stimme bekam wieder Klang.

„Ich wünsche uns weiterhin viel Glück! Großer Gott, stehe uns bei!" Der Weg schien ihnen nun einfacher und hindernisfreier: Einchecken, in den Bus einsteigen, zum Flugzeug hinfahren. Aus irgendeinem Grund, den Cles nicht erklären konnte, hatte er das Gefühl, verfolgt zu werden. Er drehte sich um und hinter ihm ging ein Mann, gekleidet mit einem blauen Blazer, in der rechten Hand trug er einen schwarzen Aktenkoffer. Er wirkte ganz ruhig. Sekundenlang begann Cles irrationale Ängste zu spüren, zugleich aber war ihm bewusst, dass er es sich nicht leisten konnte, aufgrund einer unbegründeten Angst nervös zu reagieren. Die Fluggäste bewegten sich langsam zur Passkontrolle hin. Michaela ging mit der Reihe mit, hinter ihr war Cles. Er drehte sich mehrmals um und sah jedes Mal denselben Mann, der offensichtlich dieselbe Flugrichtung hatte, wie die beiden. Cles´ Misstrauen wurde immer größer: er beobachtete den Mann hinter ihm so unauffällig wie möglich aus den Augenwinkeln heraus. Michaela spürte, dass sich seine vorherige Gelassenheit in Nervosität verwandelte. Sie wandte ihre fragenden Blicke an Cles.

„Ist etwas nicht in Ordnung?" Er bemühte sich, ein Lächeln aufzusetzen.

„Nein, Liebling! Es ist nur die Freude, die verursacht, dass meine Gefühle etwas aus dem Gleichgewicht geraten."

Seine Gedanken, der Mann könnte ein Spitzel des rumänischen Sicherheitsdienstes sein, bohrten sich immer tiefer in seinen Geist. Einen Augenblick lang hatte er die irrationale Überlegung, den Mann umzubringen. Solche Gedanken raubten ihm die Ruhe und genau diese Ruhe musste er unbedingt bewahren. Die Schritte der Menschen, die in alle Richtungen gingen, so wie der Lautsprecher, der die verschiedenen Flüge in regelmäßigen Abständen bekannt gab, lenkten seine Gedanken von einem unbegründeten Verdacht ab. Cles warf einen Blick auf eine Wanduhr: 18:15 Uhr. Um 19:00 Uhr, wenn alles planmäßig verlief, würde die Maschine mit Destination Holland in die Luft aufsteigen. Er schwankte noch immer zwischen dem Bemühen, nicht an seine eventuelle Verhaftung zu denken und der Möglichkeit, diese zu vermeiden. Der Mann im blauen Blazer ging noch immer hartnäckig hinter ihm her. Die Passkontrolle verlief ohne Schwierigkeiten, also: das Schlimmste hatten sie überstanden, Grund genug, sein Misstrauen und seine Unsicherheiten abzulegen. Cles lächelte, um sich nicht anmerken zu lassen, was in seinem Kopf vorging. Doch seine Gedanken ließen sich nur schwer eingrenzen, sein Blick wirkte nachdenklich, das Gefühl der Empörung über ein ungerechtes, abscheuliches System in Rumänien, wo Michaelas Eltern nach ihrem Verschwinden noch schwer zu kämpfen hatten, und was noch erdrückender war: seine Ohnmacht, nichts dagegen unternehmen zu können. Um die Freiheit zu erlangen, das höchste und elementarste Gut, das jedem Menschen in gleichem Maße zusteht, dafür musste man selbst das eigene Leben aufs Spiel setzen. Edle Gefühle hatten in dem kommunistischen System keinen Platz.

Die Fluggäste gingen über die Treppe des Flugzeuges hinauf und der leere Raum füllte sich. Michaela nahm am Fenster Platz, neben ihr saß Cles. Es war ihr erster Flug und dementsprechend war ihre Aufregung. Zum ersten Mal würde sie die Erde von oben sehen. Cles umklammerte Michaelas linke Hand und mit einem fast strahlendem Gesicht murmelte er leise: „Bald sind wir in Amsterdam, Liebste!"
Kurz danach ertönte die Stimme durch den Raum, die die Passagiere aufforderte, sich die Sicherheitsgurte anzulegen: das Flugzeug würde in Kürze starten. Es folgten andere Informationen: Richtung, Höhe, Dauer des Fluges. Michaela gab Cles einen flüchtigen Kuss auf die Backe, dann richtete sie ihre Blicke zum Fenster hinaus: das Flugzeug rollte einige Sekunden

lang mit einer schwindelerregenden Geschwindigkeit über das Rollfeld, bis es sich dann mit der scheinbaren Leichtigkeit eines Luftballons in die Luft erhob, durchstieß mühelos eine Wolkendecke, die dem Flugzeug den Weg nach oben zu versperren schien: die Entfernung von der Erde wurde immer größer. Das Flugzeug, unbeirrt und zielgerichtet, stieg unaufhaltsam, bis die vorgesehene Höhe erreicht wurde. In den leichten Turbulenzen der Atmosphäre, die aufgetreten waren, fing das Flugzeug zu schwanken an, als würde es auf einer Wasserwelle gleiten. Das verursachte Michaela Unbehagen in der Magengegend und Schweißperlen auf der Stirn. Sie hielt sich an Cles fest, er sprach ihr gut zu, seine ruhige Stimme wirkte entspannend auf sie. Die Turbulenzen der Maschine wurden von einer Gewitterfront verursacht, doch glücklicherweise konnte der erfahrene Pilot die schwarze Wand, die durch die nahende Nacht noch dunkler wirkte, durchfliegen. Die Bedrohung, die zuerst größer zu sein schien, legte sich allmählich, einige Blitze sausten am Fenster vorbei, doch das Flugzeug hielt Kurs und die Stimme der Stewardess gab die Entwarnung durch. Sie waren den Gewitterwolken ohne große Schwierigkeiten entkommen. Michaela hob den Kopf und konnte wieder durch das kleine Fenster den spätabendlichen Himmel betrachten.

Jedoch ihr Blick auf die Erde konnte die Vielfalt der Landschaft nicht mehr wahrnehmen. Es wurde Nacht. Ab und zu schwache Lichtpunkte deuteten darauf hin, dass die Maschine über bewohnte Gegenden flog. Die

Lichter im Inneren des Flugzeugraumes leuchteten schwächer, viele Passagiere versuchten, die Zeit mit einem Nickerchen zu überbrücken. Die Landung in Amsterdam war gegen Mitternacht geplant. Während Michaela noch immer durch das kleine Fenster in die blinde Nacht schaute, drehte Cles den Kopf nach hinten: augenblicklich wurde er kreidebleich, die Angst schnürte ihm den Atem ein. Er merkte wie seine Hände zitterten. Er drehte sich zu Michaela um und zwang sich, ruhig zu bleiben, seine Hand lag auf Michaelas Arm. Er schloss die Augen und versuchte sich, die Landung vorzustellen, in einem freien Land, ohne fürchten zu müssen, beobachtet, verhaftet oder eingesperrt zu werden. Hinter ihm saß der Mann mit dem blauen Blazer. War es Zufall oder doch mehr??!!?? Cles sah kurz aus dem Fenster. Wie weit sich der nächtliche Horizont ausdehnte, wie tief sich die Erde befand….. Er drückte sich leicht gegen die Rücklehne des Sitzes. In Gedanken fragte er sich, wer dieser Mann, von dem er sich verfolgt fühlte, war. Ohne den Gedanken zu Ende zu verfolgen, wandte er sich zu Michaela, während sie unersättlich die Blicke durch das kleine Fenster ins Dunkel gerichtet hatte. Mit sanfter, fast träumerischer Stimme sagte sie zu ihm: „Wir schweben buchstäblich über den Wolken. Wie frei der Himmel ist!" Einige Augenblicke lang wurde sie nachdenklich, dann wandte sie sich an Cles: „Dehnt sich diese Freiheit nicht auf den ganzen Himmel aus? Warum lässt sie sich nicht auf rumänischen Boden fallen, um ihre wohltuende Kraft walten zu lassen? Durch mein Verschwinden habe ich meine Eltern in große Schwierigkeiten gebracht. Das zermürbt meine Seele." Sie sprach nicht gerne darüber, es tat zu sehr weh. Außerdem war sowieso nichts mehr zu ändern. Sie atmete langsam neben ihm, er war der Fels in der Brandung, wie sie glaubte, ohne zu ahnen, dass auch er innerlich gegen Schwächen kämpfte. Cles hielt ihre Hand fest, um die Verbindung zu ihr noch tiefer zu spüren.

„Was möchtest du nach der Landung machen? Hättest du einen bestimmten Wunsch?" Michaela zuckte mit den Schultern: „Ich will freie Luft einatmen, durch die hell beleuchtete Stadt gehen, den nächtlichen Himmel von sicherem Boden betrachten." Obwohl Michaela wusste, dass Cles verheiratet war, fragte sie nicht, wie es weiter mit ihr in Holland gehen sollte, sie tat so, als wäre alles in Ordnung. Es gelang ihr nicht, eine Frage diesbezüglich zu formulieren, um auszudrücken, was sie wollte; sie verzichtete darauf aus Angst, ihn zu verletzen. Es war sein Problem, also musste er im Alleingang die Situation bereinigen. Doch im Moment beschäftigte ihn der Mann mit dem blauen Blazer viel mehr, als seine bevorstehende Scheidung. Die scharfen Blicke dieses Mannes durchdrangen seine Rücken.

Cles´ Verdächtigungen hatten überhaupt keine Anhaltspunkte: was führte ihn dazu, solche Angst zu empfinden? Steckte dahinter eine warnende Intuition? Oder war es die Einbildung eines verängstigten Gehirns? Wie auch immer – es würde sich bald herausstellen.

Die angenehme Stimme der Stewardess kündigte durch den Lautsprecher die bevorstehende Landung an. Michaelas Herz fing schneller zu schlagen an. Sie war erstaunlich wortkarg, obwohl sie so viel sagen wollte. Doch im Moment zählte nur die Sprache des Herzens – das Gefühl. Es war ein Zustand, den sie vorher nicht kannte, bewusst und doch wie im Traum. Weiterhin schweigend überließ sie sich ihren beglückenden Empfindungen und richtete ihre Blicke erneut zum Fenster hin. Das laute Klatschen der Passagiere nach der sanften Landung holte Michaela aus ihrer surrealen Welt wieder in die Realität zurück. Sie befand sich auf niederländischem Boden. Nein, der Traum setzte sich fort: sie bildete sich ein, ihr eigenes Ich neu erfunden zu haben. Sie belog sich mit einer überzeugten Leidenschaft, die für einige Minuten ihre Augen glitzern ließen: ihr Gesicht war von einem weichen Lächeln durchflutet.

Die Leute gingen durch den schmalen Gang zwischen den Sitzreihen zur Ausgangstür, dann die Treppe hinunter, hin zu dem bereitstehenden Bus, der einige Minuten später die Flugpassagiere zum Terminal brachte. Es war nun Mitternacht. Michaela hatte den Eindruck, sich in einem ausgedehnten, hell leuchtenden, lebenserhaltenden Raum zu befinden. Neben Cles Hand in Hand gehend - überwältigt von so viel Lebendigkeit des künstlichen Lichtes, das die Nacht zum Tag machte - ja etwas verwirrt, überlegte sie einen Augenblick lang, ob dieses Bild eine Projektion ihrer Einbildung war. Sie ahnte nicht, dass Cles´ Aufmerksamkeit noch immer dem Mann im blauen Blazer galt, dem Mann, der hinter ihm ging, als würde er sein eigener Schatten sein. Cles hatte keinen Zweifel mehr, der Mann war ein Spitzel! Doch was hatte er vor? Cles hatte genug andere Sorgen. Er konnte und wollte seinen Eltern, die in einem Einfamilienhaus am Land wohnten, nicht zumuten, in der Nacht ohne jede Vorwarnung und Erklärung einen Besuch abzustatten. Michaelas Wunsch, durch die Stadt zu gehen, in diese neue Welt Einblick zu bekommen, wurde ihr nicht erfüllt. Zuerst einmal bräuchten sie ein Zimmer in einem Hotel. Sie wirkte heiter, selbstsicher; sie begann, die Ängste abzulegen, die Spannung in ihrer Brust wurde lockerer, alles war fließend: es schien so, als würde Gottes Arm sie umfangen und sie verfiel in einem Augenblick in einen Taumel der Frommheit. Ihre schwärmerischen Gedanken vermittelten ihr ein Gefühl, das sie nicht beschreiben konnte. Im Flüsterton sagte sie:

„Was für ein Glück, etwas Neues in diesem Land anzufangen!", und hielt dabei seine Hand fest. Sie befand sich weit weg von der heimatlichen Welt, wo selbst das Karpatengebirge mit seinen zum Himmel türmenden Wipfeln nach Freiheit suchte.

Cles sprach während der Fahrt zum Flughafen kein Wort. Michaela jedoch kam aus dem Staunen nicht mehr heraus. Alles sah so ordentlich und gepflegt aus: die Menschen waren schön gekleidet und immer wieder die beleuchteten Anlagen draußen Es wurde ihr bewusst, in welchem rückständigen Land sie gelebt hatte, wo Unsauberkeit und Unordnung der beherr-schende Zustand war, jedoch waren die Leute es so gewohnt – sie hatten keine Vergleiche, daher glaubten sie, es sei normal so und keiner regte sich auf. Cles und Michaela warteten am Laufband auf das spärliche Gepäck, das sie hatten. Anschließend fuhren sie mit dem Taxi zu einem Hotel, etwas abseits der Stadt, eigentlich war es eine Pension, die Cles von früher kannte. Hier sollte Michaela vorübergehend wohnen, bis Cles´ Situation sich klärte. Wie schon erwähnt, traute er sich nicht zu seinen Eltern zu fahren. Da Michaela kaum Kleider und was man noch so braucht, hatte, war es dringend notwendig, am nächsten Tag einzukaufen. Sie bezogen ein kleines Apartment in einer ruhigen Lage am Land. Keine Disharmonie trübte diese Nacht, die sie gemeinsam verbrachten: Stress und Angst verschwanden.

Die Spur des Mannes im blauen Blazer, der sich als ganz normaler Fluggast herausstellte, verlor sich im Trubel der vielen Leute in dem großen Flughafen. Es war doch nur Cles´ Einbildung und die Angst, verfolgt zu werden.

Nun war er froh, von dieser Phobie befreit zu sein. Michaela schien ihr Ziel vorerst erreicht zu haben. Wie geplant, fuhren sie am nächsten Tag in die Stadt, um das Notwendigste einzukaufen: Bekleidung, Wäsche, Kosmetikartikel usw. Doch was zu erwähnen wäre, ist, dass Michaela bis auf einem Schulausweis, den sie von Rumänien mitnahm, keinerlei Dokumente hatte. Es waren keine großen Schwierigkeiten seitens der holländischen Behörden zu erwarten, zumal Cles die ganze Verantwortung für sie übernahm und er schilderte der Polizei die ganzen abenteuerlichen Umstände, unter denen sie nach Holland gelangt waren. Infolgedessen bekam sie innerhalb eines Tages einen holländischen Pass. Sobald Cles sie heiraten würde, bekäme sie automatisch die holländische Staatsbürgerschaft. Doch Cles war noch verheiratet und seine Frau hatte noch keine Ahnung von seinem Vorhaben. Dafür musste er beachtliche Kräfte mobilisieren, schließlich trug er noch die Verantwortung für seine Tochter. Seitens der Firma konnte er nur noch eine Woche zuhause bleiben. Und in dieser Zeit musste er das Wesentliche in die Wege leiten.

Am frühen Vormittag des dritten Tages nach der Ankunft in Holland, fuhr Cles nach Hause zu seiner Familie. Seine Gedanken rasten ihm durch den Kopf mit rasender Geschwindigkeit, Angstgefühle breiteten sich in seinem Inneren aus. Ihm wurde das Ausmaß seiner Entscheidung bewusst und für einige Augenblicke schossen Tränen in seine Augen. Für diese Situation trug nur er allein die Verantwortung. Es war nicht leicht für ihn, seiner Frau beizubringen, was er vorhatte. Gilda hatte keine Ahnung von seinem Besuch, daher war die Überraschung umso größer, als er etwas beschämt und verunsichert vor der Türe stand.

„Du? Warum hast du uns nicht angerufen, dass du kommst?" Kurze Stille trat ein. „Du sagst gar nichts?" Cles starrte mit steinernem Gesicht über den Kopf seiner Frau.

„Bist du krank? Ist etwas passiert?" Er trat ins Wohnzimmer und setzte sich in sein Sofa.

„Hast du für mich einen Kaffee? Ich bin müde. Wo ist Britta?"

„Sie ist bei einer Freundin, wo sie zu einer Geburtstagsfeier eingeladen worden ist." Gilda war klug genug, um zu ahnen, dass sie etwas Schlimmes zu erwarten hatte. Sein trockenes, liebloses Benehmen ihr gegenüber bei seinem letzten Besuch holte sie ein, obwohl sie bemüht war, es zu vergessen. Und dieses geheimnisvolle Getue bestärkte sie in ihrer unheilvollen Vorahnung. Cles saß in seinem Sofa, die Ellbogen lagen auf den Armlehnen und er blickte ernst zum Fenster hin. Dann schloss er die Augen, als wollte er die dramatischen Szenen, die unausweichlich waren, mit der Kraft der Gedanken ins Dunkle verbannen. Unter diesen schweren Gedanken konnte Gilda sein Herz wie eine tickende Uhr hören. Mit einer leisen, jedoch klaren Stimme sagte Gilda: „Also doch! Eine andere Frau hat meinen Platz in deinem Leben eingenommen." Er nickte und schien mit der Antwort zu zögern. Am liebsten wollte er verschwinden. Sie konnte ihn weder ansehen, noch ein weiteres Wort hervorbringen; sie zitterte am ganzen Leib, die Farbe ihres Gesichts wurde blass, sie war schmerzerfüllt, aber nicht gedemütigt. Er versuchte ihre Hand anzufassen, doch in ihren Augen konnte man deutlich die Ablehnung jedes Mitleids lesen. Sie war entschlossen, die zu sein, die sie war: eine stolze Frau. Er begann zu sprechen. Sie wandte sich um, aber er sprach einige Worte weiter. Sie drehte ihm den Rücken zu und schwieg. Cles fühlte sich elend in seiner Haut. Er stand von seinem Sofa auf und wollte ihre Schultern berühren. Auch sie brach ihr Schweigen.

„Mag sein, dass solche Szenen auf einer Bühne recht berührend wirken, aber jetzt und hier kommen sie mir pervers vor." Eine Weile war wieder Stille. Dann sagte er mit ruhiger Stimme und besorgtem Gesicht: „Es tut mir leid Gilda, dass ich dir solche Schmerzen bereite. Doch selbst wenn wir auseinander gehen, du bleibst ein wertvoller Mensch in meinem Leben: du bist die Mutter meines einzigen Kindes." Einige Augenblicke schien es so, als würde sie sich an seinem besorgten Gesicht belustigen. Dann sah sie weg. Sein Schuldgefühl war ihm klar anzusehen. Am frühen Abend kam Britta heim. Ohne zu ahnen, dass ihr Papa zuhause ist, kam sie fröhlich herein und gab der Mutter einen Kuss auf die Wange. Cles befand sich in seinem Büro und blätterte einige Dokumente von seiner Firma durch. Zu diesem Zeitpunkt fühlte sich Cles sehr schlecht – in jeder Hinsicht. Er war Opfer seines eigenen Tuns, ein gefangenes Tier, das unruhig nach einer Ausfluchtmöglichkeit suchte. Während er mit diesen aufwühlenden Gedanken kämpfte, öffnete sich die Tür seines Zimmers und mit einem lauten „Papa" fiel Britta ihm um den Hals und freute sich wie eben nur ein Kind sich freuen kann, wenn es ein Elternteil nach längerer Abwesenheit wieder sieht.

Plötzlich wurden seine dunklen Gedanken vom Licht durchflutet. Er drückte seine Tochter zu sich und alles war für den Augenblick nur schön: er widerstand dem ganzen ungeheuerlichen Druck, den er vorher spürte, ihm kam es so vor, als könnte er aus seiner Falle entkommen.

„Britta, ich habe eine Idee: Wir gehen essen, wir drei: du, Mama und ich und anschließend darfst du dir etwas Schönes kaufen, einverstanden? Gehen wir Mama fragen, was sie davon hält." Insgeheim fürchtete er, dass Gilda seinen Vorschlag ablehnen würde. Sie saß im Wohnzimmer, sie hatte die Augen offen und sah in die Leere. Cles und Britta betraten das Zimmer.

„Mama, wir gehen essen! Papa lädt uns ein und anschließend darf ich mir etwas kaufen, nicht wahr, Papa?" Cles lächelte sie an und merkte, wie glücklich sie war. Gilda wusste nicht, was sie sagen sollte. Ihr war nicht danach zumute, mit ihm essen zu gehen, sie tat es trotzdem: ihrer Tochter zuliebe. In Gedanken versuchte sie die richtigen Worte zu finden, um ihrer Tochter zu sagen, was ihnen bevorstand. Die Aufregung, deren Urheber Cles war, schlich sich Stunde für Stunde heimtückisch in ihre Seele hinein. Sie war wortkarg und sie erachtete den Abend mit ihm irgendwo in einem Lokal zu verbringen, mehr als lästige Pflicht, die ihr noch mehr Leid verursachen würde.

„Mama", sagte Britta, „freust du dich nicht, gemeinsam mit Papa auszugehen? Warum sagst du nichts? Bist du krank?"

„Nur ein bisschen Kopfweh, aber es geht wieder vorbei". Britta gab sich mit dieser Antwort zufrieden und sie ergriff als Erste die Initiative: „Ich kann es kaum erwarten Essen zu gehen. Mama, mach dich fertig, du sollst dich schön anziehen und deine Haare solltest du mit einer Spange hochbinden. So steht es dir am besten!" Gilda bemühte sich, ihr steif gewordenes Gesicht mit einem Lächeln zu lockern und umarmte Britta.

„So werde ich es machen, mein Schatz!" Sie ging ins Schlafzimmer, um sich umzuziehen.

„Wie lange bleibst du zuhause, Papa?", fragte Britta, „zu Schulbeginn möchte ich, dass du zuhause bist"

„Darüber reden wir noch. Im Moment weiß ich nicht, was die Firma mit mir vorhat." Cles spielte seine Rolle gut, man war versucht zu sagen, dass an ihm ein Schauspieler verloren gegangen war. Er war der Hauptakteur in einem Drama, das er selbst verursacht hatte. Gildas Zustand spielte innerlich verrückt. Während der Fahrt zum Lokal sah sie die Landschaft links und rechts wie verfault, leblos; sie fühlte sich bedrückt, obwohl dieses Wort „bedrückt" bei weitem ihre Empfindungen nicht angemessen umschreiben konnte. Vielleicht gibt es gar keine Worte für solche seelische Aufwühlungen? Manche Gefühle lassen sich nicht mit Worten beschreiben. Leid und Freude – wenn man ihnen Freilauf lässt, brechen sie in einem Strom von Tränen an die Oberfläche und der seelische Überdruck fällt weg. Doch im Moment konnte Gilda sich solche seelische Ausbrüche nicht leisten. Ihre Anstrengung war klar. Brittas Eltern sahen sich ab und zu ernst und wortlos an. Was hätten sie sich in dieser heiklen Situation sagen können? Beide bemühten sich, mit Britta zu reden, obwohl die Auswahl der Worte schwer fiel. Während des Essens schien die Zeit etwas Entspannung zu bringen. Sie mussten ja nicht unbedingt reden. Nach dem Aufenthalt im Lokal gingen sie stumm nebeneinander den kurzen Weg zum Auto. Wie unter Zwang, nach längeren Abständen der Stille, begannen sie über Banalitäten des Alltags zu reden und der Hauptansprechpartner war immer wieder die Tochter. Britta fragte Papa noch einmal, wann er Holland verlassen würde. Er antwortete ihr, dass er es nicht wüsste. Vorerst sei er hier und nur das zähle. Sie fuhren anschließend in die Stadt, um das Versprechen, das Cles Britta gegeben hatte – etwas Schönes zu kaufen – zu erfüllen. Britta lief voller Freude durch das Kaufhaus, wo sich die Kinderbekleidung befand und suchte sich das schönste Kleid aus. Während Cles mit Britta ging, um die gekaufte Ware zu bezahlen, drehten sich Gildas Gedanken orkanartig durch ihren Geist. Ihren Mann, den sie liebte, ihm vertraute, mit einem Mal nicht mehr berühren zu können, mit ihm nicht mehr frei und unbeschwert zu sprechen, sich von ihm zu trennen, machte sie krank. Wo würde er heute Nacht schlafen, blieb er überhaupt zuhause, wer ist die neue Frau in seinem Leben und wie schaut sie aus?!?

Die Intuition einer Frau, vor allem in solchen verzweifelten Situationen, trifft den Nagel meistens auf den Kopf. Doch zuerst fuhren sie alle drei nach Hause. Cles nahm sich vor, so schonend wie nur möglich Britta zu sagen, dass er in eine andere

Wohnung einziehen werde. Doch er würde sie immer, sooft er Zeit hätte, besuchen, mit ihr in Urlaub fahren und sie immer lieben.

„Mama wird mir eine gute Freundin bleiben, die ich immer unterstützen werde." Das hatte er sich vorgenommen und es war auch notwendig, Klarheit zu schaffen, denn die Zeit, die er in Holland zu verbringen hatte, war knapp bemessen. Michaela hatte noch keine Wohnung und auch sie wusste nicht, wie es weitergehen sollte. Sie saßen alle drei in der gemütlichen Küche, man merkte, wie Cles sich anstrengte, seine Rede so zu formulieren, dass es wie ein normales Gespräch klingen sollte. Britta durfte es nicht so verstehen, dass es sich um eine endgültige Trennung handelte.

Die Macht der Finsternis, von der Cles umgeben war, war größer als seine Kraft, die er brauchte, um die tiefgehenden Emotionen noch im Verborgenen zu halten. Er begann zu reden, so beiläufig, als müsse er um die Ecke gehen, um Brötchen zu holen. Britta regte sich keineswegs auf, sie verstand ja gar nicht die Tragweite der Situation. Nach längerer Schweigezeit fragte Britta: „Du gehst jetzt weg, Papa? Für immer?"

„Nicht für immer, meine Kleine! Ich habe noch viel zu erledigen, aber ich versprech´ dir, dich in zwei Tagen wieder zu besuchen, um dann vielleicht mit dir den Zoo zu gehen."

„Ja, aber Mama muss mitgehen!"

„Wenn sie will, kann sie natürlich mitfahren! Und nun: husch, husch ins Bett, Mama und ich wollen etwas besprechen. Gute Nacht, meine Kleine!"

Und Britta bekam einen Kuss auf die Stirn und ging in das Schlafzimmer. Bewundernswert, dass Kinder wirkliches Familienleben nicht richtig begreifen. Sie bewegen sich zwischen Spielen, Freuden, Schule, mit Leichtigkeit kommt alles und geht, sie lernen früh, dass nichts von Dauer ist. Erst im Erwachsenenalter kommt der Familien- und Zugehörigkeitssinn. Die Eltern allerdings wollen sie sich für immer erhalten wissen, als Ursprung ihres Daseins.

Durch das Wohnzimmer klang leise ein unterdrücktes Schluchzen. Gilda bedeckte das Gesicht mit den Händen, um den Schein des Stolzes zu wahren. Ihr langes, blondes Haar fiel in Strähnen über ihre Hände. Sie unterbrach die Stille, die schwer zu ertragen war.

„Ich stell´ dir keine Fragen mehr. Es ist schlimm genug, was du mir antust. Auch ich habe beschlossen, mich von dir zu trennen. Du musst aus dieser Wohnung weg. Auf einen derartigen Schock war ich nicht vorbereitet, ich will alleine zu mir selbst finden."

Da er keine Wohnung hatte, bat er sie, einige Tage abzuwarten. Sie drehte ihm den Rücken zu und schwieg. Ihre Augen waren verweint. Wieder entstand Stille. Er machte eine Bewegung, um ihr Gesicht von der Seite zu betrachten, sie entfernte sich jedoch noch mehr von ihm und ging zum Fenster. Sie begann zu sprechen, ruhig und leise, als würde sie mit der Dunkelheit sprechen. Sie sah sein besorgtes Gesicht an und für einige Augenblicke schien es so, als würde sie Schadenfreude empfinden. Seine Schuldgefühle waren deutlich zu erkennen, doch ein Zurück gab es nicht mehr.

„Ich werde mich um die Scheidung kümmern, um dieser peinlichen Situation schnell ein Ende zu machen. Ich habe nicht die Absicht, in der Öffentlichkeit schmutzige Wäsche waschen, schon Britta zuliebe nicht. Unter einer Bedingung: du holst tatsächlich in zwei, drei Tagen deine persönlichen Sachen – mehr will ich nicht." Gilda besaß ein natürliches Selbstvertrauen, wissend, dass sie eine gute Mutter war und genauso eine treue Ehefrau. Um die Wahrheit zu sagen: Cles war froh darüber, dass Gildas Widerstand gegen eine Scheidung so gering ausfiel. Nun war es an der Zeit für ihn zu gehen.

„Ich nehme an, wir sehen uns in einigen Tagen." Sie hörte wie hinter ihm das Türschloss laut zufiel. Nun konnte sie sich dem Schmerz überlassen, der Verletzung, ja der Fassungslosigkeit. Sie suchte nach einer Erklärung, sie wollte mit jemandem darüber reden, jetzt wo sie alleine war, die Maske wegfiel, die sie vor ihrem Mann aufgesetzt hatte, doch das Einzige, was sie tat, war: sie weinte. Es war im Moment die einzige Möglichkeit, den Druck auf der Seele zu vermindern. Sie stand noch immer im Dunkeln, in der Gesellschaft ihrer Einsamkeit: es schien so, als würde sie in einen Abgrund stürzen, ohne zu wissen, warum das Leben sie so unbarmherzig bestrafte.

Zwei Wochen später:

Der Schmerz legte sich. Sie spürte keinen Zorn mehr, die Liebe zu Cles begann zu erlöschen, er entfernte sich mehr und mehr aus ihrem Leben. Erstaunlich, was ein seelischer Schmerz bewirken kann: man wird stärker oder wahnsinniger. Gilda besiegte das Letztere, dieses dämonische Gefühl: die Kraft dazu gab ihr die Tochter.

Die Scheidung verlief ohne Hindernisse, so dass sich jeder auf einen neuen Anfang konzentrieren konnte. Die finanzielle Unterstützung, verständlicher Weise, übernahm Cles. Gilda machte die Erfahrung, dass sie doch eine natürliche Stärke besaß, sie fürchtete das Leben nicht. Eines Tages würde sie diese un-glückselige Zeit hinter sich lassen, es würde ihr nichts mehr bedeuten als eine Nebelwolke, die sich auflöst, sobald eine Brise daher weht. Willenskraft zu besitzen, heißt, die Hindernisse, die einem auf dem Lebensweg auferlegt werden, leichter zu bezwingen. Kraft ihres starken Willens gewann sie ihren verloren geglaubten Stolz wieder und Cles war nur ein Kapitel ihres Lebens, auf den sie ohne Zorn zurückblicken konnte. Cles, der Vater ihres Kindes, der seine Vaterpflichten gewissenhaft erfüllte.

Cles erreichte es bei seiner Firma, den Aufenthalt in Holland wegen besonderer Umstände auf drei Wochen zu verlängern. Eine Woche lang suchte er nach einer neuen Bleibe für ihn und Michaela als vorüber-gehenden Wohnsitz. Die Erledigungen, die er in dieser Zeit zu tätigen hatte, erlaubten ihm kaum nachzudenken über all das, was hinter ihm blieb. Michaela sprach kein Wort holländisch. Sie unterhielt sich mit Cles auf Deutsch. Also: ein Sprachkurs hatte höchste Priorität. Doch das war das Wenigste. Unvorhergesehenerweise überschlugen sich die Ereignisse in einem Ausmaß, dass er es nicht für möglich gehalten hätte.

Eines Tages wurde er in der Firma vorgeladen, um ihm mitzuteilen, dass er seine Arbeit in Rumänien aufgrund seiner verräterischen, ja kriminellen Handlungen (Menschenschmuggel, so wie die rumänischen Behörden es behaupteten), nicht mehr fortsetzen könne. Er wurde vom rumänischen Staat als unerwünschte Person deklariert. Die rumänische Firma überlegte sogar, ob sie den Vertrag mit der holländischen Firma nicht generell auflösen sollte, aufgrund mangelnden Vertrauens. Doch entsprechende, diplomatische Verhandlungen auf Botschaftsebene trugen dazu bei, das Vertrauen einigermaßen wieder herzustellen und die Baustelle wurde bis zum Ende durchgeführt.

Cles blieb zuhause und fürchtete, seinen Arbeitsplatz zu verlieren. Sein Leben stand vor einer Weggabelung, ein neuer Anfang: alles musste neu geordnet werden. All diese Dinge erforderten klaren Blick und Beherrschung. Michaela wohnte noch immer in einem Hotelzimmer und doch: in ihren Augen war Dankbarkeit zu lesen, aber auch eine Spannung, als wäre eine Mauer am Zusammenbrechen, sie wusste, dass sie Gilda verletzt hatte, obwohl sie viel zu spät erfahren hatte, dass Cles verheiratet war. Michaela wartete auf Cles fast furchtsam: bei Betreten des Zimmers fiel sie ihm in die Arme, wortlos sahen sie sich kurz in die Augen. Es schien wie eine Ewigkeit, obwohl es nicht mehr als einige Sekunden waren. In einem stummen Einverständnis riss Cles sie leidenschaftlich an sich und bedeckte ihr Gesicht mit ungestümen Küssen, er streichelte ihren leicht bekleideten Körper, hielt sie in seinen Armen fest, auch ihre Arme suchten seinen Körper und umschlangen ihn. Einige Augenblicke lang fühlte sich Cles frei wie ein Vogel und doch: er war Michaelas Gefangener. Sie sahen gegenseitig ihre Anspannungen in den Augen, die nicht nur sexueller Art waren. So etwas wie Schuldgefühle durchströmte ihre Körper und vermischte sich mit sündhaftem Begehren, einem Hauch Abenteuer und schwer zu steuerndem Wahnsinn. Mit roboterartigen Bewegungen trug er sie ins Bett. Seine Küsse waren heißer als vulkanische Lava, während sie sein Gesicht zart streichelte. Er stand unter Hochspannung, riss ihr das Kleid vom Leib und warf wie ein Wahnsinniger sein Hemd, seine Hose, seine Unterwäsche auf den Boden. Geblendet von ihrer Schönheit betrachtete er einen Augenblick ihr anmutiges Gesicht, ihren makellosen Körper, der sich ihm fügsam zeigte und verführerisch die Beine spreizte. Sein steifes Glied stieß mit wilder Begier in die warme Stelle, ihre Arme hielten ihn fest, um ihm klar zu machen, dass die Festigkeit dieser Bindung die Dauer einer Ewigkeit hat. Dass die Eine ohne den Anderen nicht mehr vorstellbar war. In dieser Heftigkeit der Gefühle war der Erguss nicht mehr aufzuhalten: Stöhnen, Liebesgeflüster, Glückseligkeit, dann, einige Augenblicke später, legte sich Stille über die Liebenden. Im Entzücken vereinigt, gaben sie sich den süßesten menschlichen Gefühlen hin. Cles drehte sich um, damit Michaela sich an ihn schmiegen konnte. Der Tag glitt lautlos in den Abend hinein, als wollte er die Glückseligkeit, dessen Zeuge er war, nicht stören. In dieser Stunde war es ihm unmöglich, weiterzudenken. Immer wieder presste er Michaela an sich und hielt sich wie ein Ertrinkender an ihrem Körper fest. Sie war das rettende Ufer. Seine Blicke starrten zur Decke. Leichte Halbschatten zogen vor seine Augen, ihn erinnernd, dass er Verpflichtungen zu tragen hatte. Dann sah er sie an und verspürte ein starkes Verlangen, ihr eine umfassende Liebeserklärung zu machen.

„Ich habe dich vom ersten Augenblick, als ich dich sah, geliebt. Du hast mich in die tiefsten Ecken der Liebe geführt, eine andere Welt gezeigt: diesen Glückszustand kann ich dir mit Worten nicht erklären. Es ist nur ein Gefühl, das uns Menschen verborgen bleibt, daher auch seine Faszination, die dem Leben Frische und Tiefe vermittelt und Dichtergeister inspiriert."

Ein neuer Tag begann und viele Erledigungen standen auf dem Programm. Die Suche nach einer neuen Wohnung hatte höchste Priorität. Der Tag begann mit einem strahlenden Himmel, dessen blaues Kleid sich im Sommerglanz eines Julitages ausdehnte. Das treibende Leben der Großstadt war nicht mehr zu stoppen. Einheimische mischten sich mit Reisenden vieler Nationen, die voller Neugier ihre Blicke in alle Richtungen wendeten, um die Schönheit der Stadt nicht zu übersehen. Michaela und Cles gingen zu einem Kiosk, um Zeitungen mit Immobilienannoncen zu erwerben. Es musste schnell eine Wohnung gefunden werden, eine Überbrückung, bis irgendwann in der näheren Zukunft das Leben die erwünschte Ordnung erreichen würde. Innerhalb einer Woche konnte diese Angelegenheit als erledigt abgehakt werden. Bald darauf begann Michaela, für vier Monate einen Sprachkurs zu besuchen und erhoffte sich, die Sprache dann so gut beherrschen zu können, um die Herausforderung einer Arbeitsstelle ohne große Schwierigkeiten bewältigen zu können. Heiratspläne nahmen mehr und mehr Konturen an. Jedoch mussten sich zuerst die bewegenden Ereignisse der jüngsten Vergangenheit legen, sie mehr Abstand davon bekommen.

Cles hatte gewissermaßen auch mit seinen Eltern zu kämpfen, deren Verstimmtheit lange Zeit andauerte, denn sie konnten den Leichtsinn ihres Sohnes noch immer nicht begreifen. Auch nach einigen Monaten, nachdem Michaela bereits eine Arbeitsstelle als Bibliothekarin fand, wollten ihre zukünftigen Schwiegereltern noch immer nichts von ihr wissen. Doch Cles fand sich mit dieser Situation ab und beschloss, ohne großes Tamtam Michaela in zwei Wochen zu heiraten. In seinem Herzen entzündeten sich immer wieder Freudeflammen: er wusste, wenn er verheiratet war, würde alles rund um sein Leben leichter fallen, viele alte Ordnungen begannen sich schon aufzulösen, er wollte der Welt zeigen, welch glückliches Paar sie waren. Er wusste dass die Ereignisse der Vergangenheit, wenn sie auch in seinem Gedächtnis herumgeisterten, irgendwann entschwinden würden, verschluckt vom Schatten der neuen Dinge des Lebens.

Michaelas vielversprechende Zukunft, ihre bevorstehende Hochzeit, war von schwer belastenden Gedanken an ihre zurückgebliebenen Eltern geprägt. Ihr war klar: die Eltern mussten durch die Hölle gehen und sie konnte nichts dagegen unternehmen, mehr noch – sie war schuld an dieser Misere. Sie fürchtete, ihre Eltern nie wiedersehen zu können. Dieses entsetzliche Gefühl setzte sie unter Spannung, als würde ihr Inneres zusammenbrechen. In ihrem Herzen vermischten sich Dankbarkeit mit Sorgen, Freude mit Trauer, Zuversicht mit Zweifel, Wut mit Resignation. Und wenn es sich noch so paradox anhört: sie lebte in den süßesten Gefühlen, in Holland zu sein, einen holländischen Pass zu besitzen und vor allem: sie würde bald ihren Cles heiraten. Sie lebte in der Freiheit, ohne zu fürchten, von allen Seiten bespitzelt zu werden. Das Land, dessen Grenzen mit Stachelzäunen und Killerkommandos bewacht war, um das kommunistische „Paradies" vor dem „dekadenten" Westen zu beschützen – so die sarkastische Propaganda des diktatorischen Ceausescu-Regimes.

Michaela hatte Glück, aus diesem „Paradies" entkommen zu sein, doch sie wusste, welchem Verhör, welchen Repressalien ihre Eltern ausgesetzt waren. Was würde aus ihrer Freundin Sina werden? Und was wird aus den anderen Freunden, die sie zurückgelassen hatte, werden?!? Schreckliche Gedanken und Schuldgefühle trieben ihr Tränen in die Augen. Für Augenblicke dachten sie nicht mehr an ihr eigenes Glück. Auf ihrem Gemüt lastete zu schwer die Schuld und vor allem die Verzweiflung und Machtlosigkeit ihren Eltern Hilfe zu leisten.

Auf dem Weg zu ihrer neu begonnenen Arbeit begrüßte sie die Frühmorgensonne durch die Zweige dicht belaubter Bäume. Als Hilfs–Bibliothekarin befand sie sich am Beginn eines neuen Berufes, den sie erst erlernen musste. Mit viel Fleiß, Disziplin und nicht zuletzt Ehrgeiz gelang es ihr in den kommenden Jahren, nachdem sie die Sprachkenntnisse perfektionierte, sogar drei Semester Studium zu absolvieren und somit den Beruf als ausgebildete Bibliothekarin erfolgreich ausüben zu können.

Die Hochzeit fand ohne großes Aufsehen statt. Nicht einmal Cles Eltern waren dabei: sie konnten noch immer nicht glauben, dass das, was geschah, Realität war. Sie waren verwirrt und für sie stand Gilda noch immer an der ersten Stelle. Nachdem Cles und Michaela standesamtlich geheiratet hatten, gingen sie gemeinsam mit den Trauzeugen (ein Arbeitskollege von ihm und dessen Frau) in ein gut ausgesuchtes Restaurant, um etwas zu feiern. Dieses Mittagessen war eigentlich ihre ganze Hochzeit. Michaelas Stimmung war betrübt und Cles versuchte immer wieder ihr Tost zu spenden. Sie hatte überhaupt keine Information, wie es ihren Eltern ging und die Möglichkeit mit ihnen Kontakt aufzunehmen, war gleich null. Das Telefon ihrer Eltern befand sich in direkter Verbindung mit dem Sicherheitsdienst, sie waren unter Dauerbeobachtung. Sie trauten sich nicht einmal miteinander zu reden: außer das Notwendigste. Mit der Zeit lernten sie auch mit dieser Situation zu leben, ohne jedoch die letzte Hoffnung zu verlieren, irgendwann Michaela sehen zu können.

In der Zwischenzeit versuchte Michaela mittels der holländischen Botschaft in Rumänien doch etwas über ihre Eltern zu erfahren. Eines Nachmittags, als sie gerade von der Arbeit heim kam, klingelte das Telefon. Eine weibliche Stimme meldete sich aus Bukarest. Michaelas Füße fingen an zu zittern, die Stimme versagte beinah, sie hatte Angst, diese Frau würde ihr etwas sagen, was sie unter Umständen nicht verkraften könnte. Es war nicht so. Die Stimme am Telefon war eine Angestellte der holländischen Botschaft in Bukarest und sie konnte Michaela einige erfreuliche Nachrichten über das Befinden ihrer Eltern mitteilen: Sie waren alle beide am Leben und es ging ihnen den Umständen entsprechend gut. Obwohl diese Information sehr karg war, kam ein Gefühl der Freude in ihr auf. Ihre Eltern lebten und nur das zählte!

Sie rief Cles in der Firma an, um die freudige Nachricht mit ihm zu teilen. Es war ein unvergesslicher Tag, endlich - nach monatelanger Zeit der Angst und Bange - eine, wenn auch knappe, Information über ihre Eltern zu erhalten. Michaela begann, dem Leben mehr zu vertrauen, dass sich alles zum Guten wenden würde, dafür sorgte das Leben selbst. Angst ist kein guter Ratgeber und schwächt das Selbstvertrauen. Und was noch wichtiger ist, das erkannte Michaela: mit Gott im Bunde schafft man alle Hürden.

Sie musste zugleich feststellen, dass die Macht der Gedanken unbeirrbar ist und sie führen mit einer erstaunlichen Präzision das aus, was man ihnen suggeriert. „Also", dachte sie, „es lohnt sich allemal mehr Zuversicht an den Tag zu legen und den positiven Gedanken einen weiträumigen Platz zu ermöglichen."

Zwei Monate später bekam sie sogar einen Brief von ihren Eltern. Die Adresse hatten sie von der Botschaft erhalten und erstaunlicherweise erreichte der Brief Michaela. Natürlich war der Inhalt des Briefes sehr allgemein geschrieben, wohl wissend, dass der Brief zensiert werden würde. Sie schrieben, dass sie einigermaßen gesund waren, dass der Vater eine andere Tätigkeit ausübe, ohne ein Detail darüber zu verlieren. Doch Michaela hatte schwer damit zu kämpfen, dass ihr illegales Verschwinden aus Rumänien schwere Konsequenzen mit sich brachte, die ihre Eltern tragen mussten. Aber wie schon gesagt: sie begann Hoffnung zu schöpfen. Vielleicht würden eines Tages ihre Eltern doch eine Ausreisegenehmigung bekommen, um sie besuchen zu dürfen. Diese Gedanken waren ihr fixes Ziel. Sie vertraute eben dieser geistigen Macht, sie wusste nun, sie mit positiven Gedanken zu beeinflussen.

Mehr als vier Jahre vergingen, seit Michaela in Holland lebte. Sie war in der holländischen Gesellschaft fest verankert, sie hatten einen fixen Platz als Bibliothekarin und was am Wichtigsten war: ihre Ehe war eine Wiege des Glücks. Doch wie man schon selber des Öfteren erlebt hat: das Glück wird einem entzogen, so empfindet man, folgedessen kommt man für eine bestimmte Zeit aus dem Gleichgewicht. So erlebte es auch Michaela.
Vier Jahre lang war der Kontakt zu ihren Eltern sehr dürftig, aber nicht unterbrochen. Es bestand beiderseits Hoffnung auf ein Wiedersehen. Die Schläge des Schicksals bleiben oft nicht aus, wir müssen alles hinnehmen wie es kommt, auch dann, wenn wir fast am Rande des Zerbrechens stehen. Ein Anruf der holländischen Botschaft in Bukarest überraschte Michaela. Die Stimme einer Frau war bemüht ihr etwas vorsichtig beizubringen, nämlich dass ihr Vater verstorben sei. Michaela versteinerte augenblicklich. Der Hörer fiel ihr aus der Hand, der Boden unter ihren Füßen gab ihr keinen Halt mehr. Cles nahm den Hörer in die Hand und führte das Gespräch zu Ende. Der Schmerz überwältigte sie, vom klaren Denken war keine Rede. Sie fühlte sich schuldig an dem Tod ihres Vaters.

Die Tragweite dieser Schuldempfindung reichte bis zu Selbstmordgedanken. In diesem Augenblick der Verzweiflung wurde ihr klar, wie dicht beieinander Glück und Unglück liegen. Cles war ihre einzige Stütze.

Sie hatte zwar einen holländischen Pass, sie war holländische Staatsbürgerin, rein theoretisch könnte sie zum Begräbnis hinfahren. Doch sie traute ihrem alten Heimatland nicht mehr. Ihre Intuition war sicher richtig. Das Begräbnis fand ohne sie statt. Nun wandte sie die Gedanken an ihre Mutter. Würde sie diesen Schmerz überstehen? Wer steht ihr bei? Wer gibt ihr Halt in dieser schwierigen Zeit? Wer tröstet sie? Michaela verstand den Sinn des Todes nicht, war ihr Vater doch noch so jung. Und doch: in solchen verzweifelten Augenblicken werden verborgene Kräfte freigesetzt, die einem weiterhelfen, solange der Geist wach bleibt und den negativen Gedanken keine unnötigen Grenzen setzt. Michaela musste erkennen, dass das Leben seiner Geschichte folgt und bemühte sich trotz all den unerfreulichen Dingen, die ihrem jungen Leben einer harten Prüfung unterzogen, doch in Frieden zu denken, sie zu verstehen und schlussendlich daran zu glauben, dass diese Erfahrungen auch etwas Gutes in sich verbergen.

Eine Woche nach dem Begräbnis gelang es ihr, doch eine telefonische Verbindung zu ihrer Mutter zu bekommen. Michaela schöpfte erneut Hoffnung, ihre Mutter würde vielleicht jetzt leichter eine Ausrei- segenehmigung bekommen, um sie in Holland besuchen zu können. Bei diesem Gedanken durchflutete sie ein weiches Gefühl der Dankbarkeit. Sie hatte das Bedürfnis, sich bei Gott zu bedanken, an diese unsichtbare Kraft, die ihr so oft half. Ihre geistige Wende in die positive Richtung und das Vertrauen in das Gute wühlte ihr Innerstes auf, das sie nicht in Worte fassen konnte: sie suchte auch nicht großartig nach den passenden Worten, sie spürte nur die angenehme Wirkung dieses Zustandes: sie war überzeugt, ihre Mutter bald sehen zu können. Michaela ging hinaus in die frische Luft. Ein warmer Wind wehte vom Meer herauf, wirbelte ihre schwarzen, glänzenden Haare umher, sie atmete den salzigen Geruch des Meeres ein, ihr Körper fühlte sich leicht an und beim Anblick der wunderschönen Natur empfand sie eine seltsame Freude. Für einige Augenblicke hielt sie diese Situation für verrückt. Wie konnte es sein, dass fast gleichzeitig Trauer und Freude zu empfinden möglich war? Umherirrend, um dabei Zeit verstreichen zu lassen, versuchte sie den Geist von Gedanken, welcher Art auch immer, zu befreien. Grübeln hatte sie satt. Diese Last wollte sie loswerden, ihr eigenes Ich ausschütteln: wird das funktionieren? Eigentlich würde ihr reichen, die dunkle Vergangenheit auszublenden, um die schönen Erinnerungen in den Vordergrund zu rücken. Guten Mutes ließ sie sich auf einer Bank nieder und nachdem sie sich absicherte, dass niemand in ihrer Nähe war, begann sie leise so etwas wie ein Gebet zu sprechen. Sie atmete tief ein, es dauerte einige Augenblicke und ein Seufzer der Erleichterung stieß aus ihrer Kehle. Im

Geist sah sie ihre Mutter so klar, als wäre sie bei ihr. Auf ihren Lippen war ein Lächeln zu vernehmen.

Sie machte sich Gedanken, wie ihre Mutter diese Reisegenehmigung erhalten würde. Sie traute sich zuerst nicht, mit ihrem Mann darüber zu reden, aus Angst, dass er etwas dagegen hätte. Noch wusste sie nichts Konkretes. Sie hatte keine klare Vorstellung, wie das Ganze vor sich gehen sollte, um den erwünschten Erfolg zu erreichen.

Die langen Schatten der umliegenden Bäume kündigten unmissverständlich den herankommenden Abend an. Sie verließ den Platz und ging sicheren Schrittes nach Hause. Mit dem Blick zum Himmel gerichtet sah sie die blaue Farbe trotz der Dämmerung. Eine halbe Stunde später erreichte sie das Haus, wo sie und Cles sich eine schöne Wohnung eingerichtet hatten. Es war ein Mehrfamilienhaus, dessen Balkone mit Holz verkleidet waren und der ganze Baustil des Hauses fügte sich harmonisch in die ländliche Gegend ein. Michaela betrat die Wohnung, rief nach ihrem Mann, aber sie stellte gleich fest, dass er noch nicht zuhause war. Sie ließ sich auf ihre bequeme Couch fallen: Minuten vergingen, ohne dass sie sich rührte. Die Dämmerung umhüllte auch das letzte schwache Abendlicht, jedoch konnte sie noch durch das offene Fenster die Umrisse der verzweigten Bäume erkennen. Ihr Herz schlug leise und zufrieden. Eine knappe halbe Stunde später kam auch Cles nach Hause. Michaela blieb auf ihrem Sofa sitzen. Ihr Gesichtsausdruck zeigte, dass sich in ihrem

Inneren etwas bewegte. Entspannt streckte sie ihren Arm Cles entgegen und mit einer sanften Stimme sagte sie: „Schön, dass du da bist." Und küsste ihn: „Komm setz´ dich neben mich." Dann legte sie ihren Arm um ihn und zog ihn eng an sich. Michaela war noch immer nicht sicher, ob sie ihm alles erzählen sollte, was sie vorhatte. Sie hatte das Gefühl, dass es durch die Steuerung der positiven Gedanken möglich war, ihr Vorhaben umzusetzen. Sie fürchtete, Cles würde sie für eine Träumerin halten, die den Bezug zum wirklichen Leben verloren hatte.

Vier Monate später:
Michaela erkundigte sich bei der holländischen Botschaft in Bukarest, ob es vielleicht doch noch eine Möglichkeit gäbe, um ihrer Mutter die Ausreise zu ermöglichen. Tatsächlich gab es diese Möglichkeit, doch in der Praxis funktionierte es so gut wie gar nicht oder äußerst selten. Auf Anraten der Botschaft stellte sie ein Formular aus, in der sie ihre Mutter zu sich einlud, mit der Präzisierung, dass alle Kosten, die für diese Reise anfallen würden, von ihr übernommen werden, auch im Falle einer Krankheit oder des Ablebens während Mutters Aufenthalt in Holland. Da sie eine große Verantwortung übernahm, traute sie sich nicht, ihrem Mann davon zu erzählen, aus Angst, er würde damit nicht einverstanden sein. Nachdem sie das besagte Formular ausgefüllt hatte, schickte sie es per Einschreiben zu ihrer Mutter nach Rumänien. Sie hatte getan, was in ihrer Macht stand und musste den Lauf der Dinge abwarten, auf die sie keinen

Einfluss mehr hatte. Alles lag an der rumänischen Behörde, der Ausgang unbestimmt.

Michaelas Mutter wohnte nach dem Tod ihres Mannes alleine. Alle ihre Freunde, ja sogar die Verwandten, vermieden nach wie vor, näheren Kontakt mit ihr zu pflegen, aus Angst, verdächtigt zu werden im Zusammenhang mit Michaelas illegaler Ausreise. Ihr Telefon wurde ständig abgehört, sodass sie mit Michaela, wenn auch sehr selten, nur belanglose Sachen bereden konnte. Das nagte an ihrer Seele wie eine Krebszelle. Allerdings geschah in dieser Zeit auch ein kleines Wunder: Die Mutter erhielt tatsächlich die offizielle Einladung ihrer Tochter, was nicht selbst-verständlich war. Sie bemühte sich sofort, Michaela telefonisch davon in Kenntnis zu setzen, doch die Verbindung funktionierte einige Male nicht. Auch Michaela versuchte mehrmals die Mutter zu erreichen: ohne Erfolg. Doch sie ließ nicht locker und intervenierte erneut, dieses Mal schriftlich, bei der holländischen Botschaft in Bukarest. Was dann passierte, kann ich dem Leser nicht im Detail beschreiben; Tatsache war, dass es der Mutter kurz danach gelang, Michaela telefonisch zu erreichen. Somit bestätigte sie den Erhalt der Einladung, die sich nun bei der rumänischen Sicherheitsbehörde in Bearbeitung befand. Diese Leute konnten nach ihrem Gutdünken entscheiden, jedoch: in den seltensten Fällen fiel die Entscheidung positiv aus. Michaela hielt es nicht mehr aus, diese Situation ihrem Mann gegenüber geheim zu halten und beschloss, ihm die Wahrheit zu sagen.

Es war Samstagabend und sie war gerade dabei, das Abendessen vorzubereiten, als plötzlich die Wohnungstüre aufging und Cles mit guter Laune eintrat. Seine Ausgelassenheit passte perfekt in ihren Plan. Was würde Cles für Augen machen, wenn sie ihm von ihren bis jetzt geheim gehaltenen Plänen erzählen würde? Während des Abendessen verhielt Michaela sich still: sie wollte ihren Mann in Ruhe fertig essen lassen, ehe sie ihm von ihren Plänen erzählte.

Ob Zufall oder göttliche Fügung: in diesem Augenblick begann das Telefon zu klingeln. Michaela sprang von ihrem Platz auf und eilte zum Telefon.

„Hallo Mama."

Im Zimmer herrschte plötzlich totale Stille. Doch Cles unterbrach sie, stand auf und ging fast auf den Zehenspitzen zum Telefon. Michaela wirkte noch immer wie erstarrt, sie sah ihren Mann mit feucht glänzenden Augen an, während ihre Mutter an dem anderen, unsichtbaren Ende des Telefons mit aufgeregter Stimme sagte: „ Kind, der Herrgott hat meine Bitte erhört. Ich werde dich in Kürze besuchen können. Die Einladung wurde positiv bewertet."

Michaela dachte, alles wäre nur ein Traum. Für Wirklichkeit schien alles viel zu schön um wahr zu sein. Eigentlich war es nicht ein einziges Gefühl, das in diesem Moment ihre ganze innere Welt in einen Wirbelsturm verwandelte: Zuversicht und Misstrauen, Freude und Traurigkeit, Glück und Angst vermischten sich zu einem unberechenbaren Cocktail menschlicher Empfindungen, der sowohl dem Geist als auch der Seele ein Maximum an Stärke abverlangte.

Cles wusste noch immer nicht, was los war. Er dachte augenblicklich, seiner Schwiegermutter sei etwas Böses zugestoßen. Inzwischen gelang es Michaela, sich zu beruhigen. Sie wirkte entkrampft und konnte das kurze Gespräch mit ihrer Mutter fortsetzen. Die Stimme der Mutter hatte einen beruhigenden Klang. Sie wurde mit dem Tod ihres Mannes nie fertig. Sie fühlte sich in all den Jahren des Alleinseins vollkommen hilflos. Mit dem Tod ihres Mannes und ohne ihre Tochter starb für sie alles, was ihr Leben ausgemacht hatte. Zeitweise war sie sogar wütend auf ihren verstorbenen Mann: sie fühlte sich von ihm im Stich gelassen und sie war wütend auf ihre Tochter, die eigentlich verantwortlich für das ganze Familiendrama war und sie war wütend auf sich selbst, da sie mit der Situation so schlecht umgehen konnte.

Damals, als ihre Familie noch intakt war, wusste sie, wer sie war, sie hatte eine Identität, sie wusste, wohin sie gehörte. Und was war aus ihr jetzt geworden? Eine gebrochene Frau, alleine auf dem Weg des Lebens, der einzige Lichtblick in ihrem trostlosen Dasein schien ihr nun der Besuch der Tochter zu sein. Marina, mit der erfreulichen Aussicht, bald nach Holland ausreisen zu dürfen, mobilisierte ihre letzte Kraft, um die Vorbereitungen für die Reise zu bewältigen. Schikanöse Hindernisse standen ihr sicher noch im Weg, das gehörte einfach zu diesem System. Die meisten Bürger dieses Landes resignierten und waren scheinbar dem Regime erlegen, kümmerten sich nur um das, was morgen auf den Tisch kommen sollte und in welchem Stadtviertel ein bisschen Fleisch zu ergattern war.

Doch zurück zu Marinas Ausreise: es waren viele kleine, unnötige Dinge zu erledigen. Jeder Stempel auf irgendeinem Schrieb kostete Geld, sie musste von einer Behörde zur anderen hin und her laufen, um Bestätigungen zu bringen, dass sie sich weder an ihrem Arbeitsplatz noch in der Gemeinde noch bei sonstigen Ämtern etwas zuschulden kommen hat lassen. Zusätzlich musste sie vor der Abreise nach Holland eine bestimmte Summe Geld als Garantie beim rumänischen Staat hinterlassen, im Falle, dass sie nicht zurückkommen würde: Geld, das sie noch nicht hatte. Sie begann zum Teil ihre Möbel zu verkaufen, ihren alten Dacia, sogar die Eheringe wurden zum Verkauf angeboten. Schmuck war damals Luxus pur, daher hatte sie auch keine Schwierigkeiten, diese Erinnerungsstücke schnell und für die damalige Zeit gut zu verkaufen. Sie erfüllte all diese Bedingungen, die von ihr verlangt worden waren und rechnete jeden Tag damit, einen Reisepass in der Hand halten zu können. Ein solches Dokument zu besitzen hatte buchstäblich keinen vergleichbaren Wert. Es war geballtes Glück auf ein paar Seiten amtlichen Papiers, das ihr ermöglichte, den Aufbruch in eine neue, faszinierende, ihr total unbekannte Welt zu wagen.

Bis zum Eintreffen dieses Augenblickes ging Marina jeden Tag zum Friedhof, zum Grab ihres Mannes, wo sie Trost fand. Der Schleier der Trauer lichtete sich etwas im Laufe der Jahre, wissend, dass am Ende auch sie irgendwann diesen Weg gehen würde.

Nachdem das Telefongespräch mit ihrer Mutter zu Ende war, wandte sich Michaela an Cles hin.
„Liebster, mein inständiger Wunsch, mein unerschütterlicher Glaube an die Erfüllung meines Wunsches war die Nahrung meiner Hoffnungen, die nun in Erfüllung zu gehen scheinen. Ich wollte dich mit diesen Dingen nicht zu sehr belasten und beschloss, im Alleingang meiner Mutter eine Einladung zu schicken, eine ganz offizielle, in der ich mich verpflichte, alle Kosten für unvorhersehbare Ereignisse wie z.B. Sterbefall oder Krankheit finanziell zu übernehmen. Das geschah vor gut zehn Monaten. Eine Zeit lang schwankten meine Gedanken zwischen Zuversicht und Resignation wie auch zwischen Wut und Besinnung hin und her, doch schlussendlich siegten die guten Gedanken, die alle Zweifel unbedeutend machen ließen. Der Anruf meiner Mutter bestätigte mir, dass sie die Ausreisegenehmigung erhielt, jedoch wird es noch eine Weile dauern, da noch einige Behördengänge zu erledigen sind."
Die freudig-kindlichen Blicke Michaelas hatten so etwas Entwaffnendes an sich, dass es Cles unmöglich machte, ihr wegen ihrer Vorgangsweise böse zu sein: das Gegenteil war der Fall. Er freute sich mit ihr

aufrichtig, er bewunderte die Hartnäckigkeit seiner Frau.

Zurück nach Klausenburg:
Auch für Marina schien die Welt eine andere zu werden. Sie wusste nicht, wie lange es dauert, bis sie alle Papiere und das Geld zusammen haben würde, doch in ihrer neu gewonnenen Zuversicht, sah sie sich am Ziel ankommen. Sie vermisste nicht die Möbel, die sie bereits verkaufte, auch ihren Dacia nicht – Sachen, die früher als ihr Leben anders war, große Bedeutung hatten.

Drei Monate später:
Marina kam von der Schule nach Hause und bevor sie die Wohnung betrat, nahm sie aus dem Postfach, das sich am Eingang des Wohnblocks befand, die Post mit. Es war unter anderem auch ein gelber Zettel dabei, die Benachrichtigung des Erhalts eines eingeschriebenen Briefes, den sie erst am nächsten Tag vom Postamt abholen konnte. Eine gewisse Unruhe schlich sich ein: es war so als würde sich ihr Blick nach innen kehren, sie ließ den Kopf in die Hände sinken, sie redete mit sich selbst. „Nur nicht grübeln, die Gedanken dürfen nicht ins Chaos stürzen. Abschalten, Ruhe bewahren!", befal sie ihrem Geist. So gewann sie wieder Mut und Kraft, um alle Schikanen, die ihr noch bevorstanden, über-winden zu können. Sie hatte restlos alle Bedingungen erfüllt, die für die Ausreise von ihr verlangt worden waren,

daher, ginge es nach der Logik, hätte nichts danebengehen können.

Das Postamt befand sich im Zentrum der Stadt, unweit von der Schule, wo Marina unterrichtete. Mit eilenden Schritten und heftig pochendem Herzen, ohne vorher mit irgendjemand ein Wort darüber zu sprechen, eilte sie zum Postamt, dort angekommen musste sie irgendeinen Zettel unterschreiben, als Bestätigung, dass sie den Brief erhalten hatte. Es war richtig, dass sie an diesem Tag zur Post ging, da sie einen Tag später nicht mehr dazu gekommen wäre. In der Erntezeit war es normal in Rumänien, dass sowohl die Schüler als auch die Studenten in Begleitung ihrer Lehrer einen Monat lang für die Erntearbeit in den Kolchosen eingesetzt wurden. Die Folge dieser Feldarbeit war, dass der Stundenlehrplan von der Direktion aufgestockt wurde, um aufzuholen, was bei der Arbeit am Feld versäumt worden war.

Noch wusste sie nicht, ob ihre Einladung positiv bewertet wurde, aber in ihrem Inneren durchdrang sie ein Gefühl der Freude, der Erleichterung – es schien so, als wäre sie bereit, alles Schlechte aus der Vergangenheit zu vergeben, ja sogar zu vergessen und dass sie künftig nur an etwas Gutes Glauben wollte. Es war ein blindes Vertrauen in ein Gefühl, welches noch mit keinem konkreten Beweis zu rechtfertigen war: den Brief öffnete sie noch nicht, bis sie heimkam. Erstaunlich, wie überzeugend sich ein erhabenes Gefühl auf das menschliche Gemüt auswirken kann. Das Gewebe der menschlichen Seele besteht aus feinsten und empfindsamsten Sensoren, die unterschiedlich reagieren und vorprogrammiert sind, um auf kleinste Gedankenerschütterungen zu reagieren. Der Glaube ist eine unergründliche Kraft, der, sobald er ein Nest in dir gebaut hat, kein Zurück mehr kennt, keine Dunkelheit, keine Hindernisse und kein Versagen. Er ist wie ein sanfter Sommerwind, der den Körper mit wohltuenden Gefühlen umweht und ihm das Vorwärtskommen erleichtert.

Marina bog in die Seitenstraße ein, wo ein schmaler Pfad zum Eingang des Wohnblocks führte, wo sich ihre Wohnung befand. Groß gewachsene Bäume umsäumten das Haus, wie auch in den anderen Stadtvierteln. Klausenburg war auch unter dem kommunistischen Regime gepflegter und attraktiver als die anderen Städte im Osten des Landes. Marina holte tief Luft, es war so, als würde sie mit einem Mal von der Enge der Stadt befreit werden, sie öffnete die Türe und ging die Treppe hinauf, in den zweiten Stock. In der Wohnung angekommen, blickte sie durch das Fenster auf den hohen Turm einer Kirche, die abgerissen werden sollte. Die Kommunisten waren Atheisten – allen voran der große Führer Ceausescu. Unter seiner kulturlosen Herrschaft wurden viele Kirchen, vor allem in Bukarest, abgerissen, zum Entsetzen der Menschen, die in Gottesdiensten in dieser unbarmherzigen Zeit Schutz und Hoffnung suchten, obwohl sie immer fürchten mussten, in der Kirche gesehen zu werden. In den diesen Jahren war es wirklich gefährlich, vor allem für diejenigen, die eine Arbeit im Dienste des Staates ausübten, von irgendwelchen kommunismustreuen Kollegen gesichtet zu werden.

Marina zögerte noch, den Brief zu öffnen und blickte weiterhin auf den Kirchenturm, dessen Glocke zu läuten begann. „Wie lange werden noch diese vertrauten Klänge zu hören sein?", sinnierte sie. Dann, selbsttröstend: „Der Gesang der Glocke fliegt davon, irgendwo in das weite All und kehrt nie wieder zurück. Doch in ihrem Klang bleibt das wehmütige Echo, das nie verloren gehen wird." In ihre Seele war eine heilende Ruhe eingekehrt. Den amtlichen Brief hielt sie mit einer erstaunlichen Gelassenheit in der Hand. In diesem Augenblick hatte Zweifel keinen Platz, sie betrachtete ihre frühere Lebenslage nicht nur als Fluch, sondern auch als Segen oder sogar glückbringend. In solche Gedanken gehüllt, öffnete sie den Brief. Ihre Augen spiegelten eine absolute Sicherheit wider, sie wandte den Blick auf das Papier: ihre Augen wurden plötzlich mit Tränen gefüllt – es waren Tränen der Dankbarkeit. Die Gedanken jagten durch ihren Kopf: mal mit rasender Geschwindigkeit, mal ruhig. Einem Wiedersehen mit ihrer Tochter stand nichts mehr im Wege. Marina richtete ihre Augen empor und wie in Andacht sagte sie: „Allmächtiger, ich finde keine Worte, dir für deine Güte zu danken!"

Am Wochenende ging sie in die benachbarte Kirche, da sie das Gefühl nicht los wurde, tief in Gottes Schuld zu stehen. In dieser Zeit versickerte alles Schlechte in dem lückenhaften Gedächtnis. Sie durfte für zwei Wochen ihre Tochter in Holland besuchen. Um ein

Flugticket zu besorgen, musste sie nach Bukarest fahren. Eine beträchtliche Summe des Geldes, das sie wie schon vorher erwähnt, durch Verkauf ihrer Privatgegenstände zusammen bekommen hatte, musste sie an irgendeiner amtlichen Stelle deponieren, im Falle, dass sie nicht mehr zurückkehren würde. Es blieb ihr noch gerade so viel Geld, um das Reiseticket zu finanzieren. Da nun die Angelegenheit sozusagen offiziell war, gelang es ihr auf Anhieb, ihre Tochter telefonisch zu informieren.

Eine Woche später saß Marina in einem Flugzeug der „Tarom". Zum ersten Mal in ihrem Leben hatte sie die Gelegenheit zu fliegen. Diese Momente waren mit nichts vergleichbar: Sieben Jahre lang hatte sie ihre Tochter - das einzige Kind – nicht gesehen. Sie kannte den Schwiegersohn nicht, also: Aufregung über Aufregung. Sie hatte nach dem plötzlichen Tod ihres Mannes mehr oder weniger in Einsamkeit gelebt, die immer unerträglicher wurde. Früher war sie reich an Freunden, jedoch nach all dem, was passiert war, wollte niemand mit ihr Kontakt pflegen. Mit niemandem ein Wort reden zu können, war hart und erdrückend. Und nun die ungewohnte Wende. Ein Tag vor der Abreise ging sie auf den Friedhof zum Grab ihres Mannes. Es war wie ein Abschied.

Im Flugzeug sitzend, versunken in ihren Gedanken, fragte sie sich nach dem Sinn des Lebens oder was das Glück sei. Sie las früher in den Büchern, was kluge Menschen darunter verstanden, doch sie fand ihre eigene Antwort dazu: Man kommt auf die Welt, man lebt – darin liegt der Sinn und das Glück erlebte sie gerade. Sie zog die Schlüsse des Lebenssinns und des Glückes weniger aus den Philosophien, sondern aus ihrer eigenen Lebensgeschichte. Sieben bis acht Jahre hatte sie von ihrem Leben nichts gehabt. Doch jetzt war sie von dem tiefen Glück des Seins erfasst. Mit niemandem auf der Welt, mit keinem Reichen, mit keinem Mächtigen, hätte sie ihren Zustand eintauschen wollen. Es war ein seelischer Reichtum, der aus einem reifen Denken entsprang und ungleich wertvoller war, als ein paar irdische Güter, nach denen man meist in einem leeren, geistigen Raum sucht. Obwohl sie schon im Flugzeug saß – eine gewisse Angst flog mit. Ein schrecklicher Gedanke, der plötzlich durch ihren Kopf lief, brach ihr fast das Herz. Wird sie von Securitateleuten, ohne es zu merken, begleitet? Würden sie vielleicht (in Holland angekommen) sie und ihre Tochter, die auf sie warten wird, verhaften? Diese momentane Schwäche fand sie widerlich. Niemand wird sie verhaften. Glücklicherweise unterbrach die Stimme der Stewardess aus dem Lautsprecher ihre düsteren Gedanken. Da ihr Verdacht noch lange kein Beweis war, kehrte langsam auch ihre Willenskraft zurück. Im Falle einer Verhaftung hätte sie ohnehin nichts dagegen unternehmen können. Wozu sich dann den Kopf darüber zerbrechen? Selbst die Erinnerungen an die Zeit, als sie und ihr Mann verhaftet worden waren, das unerträgliche Leiden danach, standen im Gegensatz zu den momentanen, physischen, mit Freude erfüllten Realitäten und das seelische

Gleichgewicht wurde wieder hergestellt. Und somit war der Zweifel bereits gewichen. Nur noch einige Stunden trennte sie von dem bedeutendsten Augenblick ihres Lebens: ihre Aufregung wuchs mit jeder Minute des Fluges, ihre Wangen brannten heiß, noch nie erlebte sie, dass die Zeit sich so endlos in die Länge zog. Sie versuchte ab und zu einzunicken, jedoch blieb sie stets in wachem Zustand.

Das Flugzeug landete ohne Schwierigkeiten. Das Applaudieren der Passagiere fiel großzügig aus, jedoch Marina beteiligte sich nicht an dieser Art der Freude. Sie murmelte irgendetwas vor sich hin, etwas Freudiges, doch in dem Tumult der Menge wurde sie von niemand wahrgenommen. Die Sitze leerten sich, während die Passagiere auf dem schmalen, lang-gezogenen Gang zwischen den Sitzen in Schlangen-reihen zur Ausgangstüre des Flugzeuges bewegten.
Marina blickte in die vielen Gesichter vor ihr und wiederum schlich sich ein Hauch des Misstrauens ein. Sie wandte die Blicke nach vorne: vor ihr standen noch drei Männer. Sie sah den Bus, der auf die Passagiere wartete, um sie ins Terminal zu fahren. Alles war eine neue Welt für sie. Die Aufregung legte sich auf den Magen und mit größter Anstrengung bemühte sie sich, ruhig zu bleiben. Michaela, in Begleitung ihres Mannes, wartete seit einer Stunde auf ihre Mutter.
„Hat sich die Mutter verändert in diesen sieben Jahren? Kann ich dieses emotionale Wiedersehen

seelisch verkraften?" Sie wandte ihre Blicke zu Cles, nahm seine Hand in die ihre und hielt sie fest.

„Alles wird gut! Denke daran, dass Freude die Quelle der seelischen Kraft ist!" In diesem Moment kamen die Erinnerungen aus ihrem Leben in Rumänien zum Vorschein, aus ihrem Leben als junges Mädchen, welches schon im zarten Alter von sechzehn Jahren den Wunsch hatte, aus Rumänien zu entkommen, um in einem freien Land leben zu können. Sie erreichte ihr Ziel, jedoch: den Preis, den sie dafür zahlte, war hoch. Für ihre Freiheit opferte sie das Leben ihres Vaters. In ihrem jetzigen Plan sah sie vor, ein Teil des Geschehens an ihrer Mutter wieder gut zu machen. Plötzlich waren ihre Beine von Zuckungen befallen: ihr Blick trübte sich und es flossen Tränen. Sie erkannte von Weitem das reine, gealterte Gesicht ihrer Mutter.

Marina trat etwas verunsichert durch die elektrische Türe des Terminals, in alle Richtungen blickend, verwirrt von den Eindrücken dieser fremden Welt. Eine warme Umarmung, die fast unbemerkt geschah, ließ ihren ganzen Körper in ein Gefühl der süßesten Freude gleiten. Michaelas Umarmung schien ihr irreal. In diesem Augenblick konnte sie nichts sagen. Die Stimme verstummte, die Worte verloren ihre Bedeutung. Nur eine innige Umarmung, die die Bindung Mutter – Tochter verstärkte, die nie verloren gegangen war. In Marinas Geist war ein Gedanken-gemisch von Erinnerungen und neu entschlüpften Hoffnungen. Die Umarmung dauerte minutenlang, als Zeuge dieser Innigkeit wurde auch Cles emotional berührt. Der fröhliche Ausdruck seines Gesichts wirkte auf Marina, seine Schwiegermutter, ermutigend. Er begrüßte sie kurz, da im Augenblick keine langen Sätze nötig waren.

„Sei willkommen in Holland, sei herzlich bei uns willkommen, Marina!" Michaela übersetze ihr die kurzen Sätze. Leise sagte Marina: „Danke, mein Schwiegersohn!" Sie gingen Arm in Arm zum Parkplatz, die Luft war gut, die Bäume waren in Herbstfarben gekleidet. Marina holte immer wieder tief Luft, als wollte sie sich von dem letzten Rest Groll der Vergangenheit befreien.

Und wieder der lästige Gedanke: Ob sie doch beobachtet wurde? Ja, vielleicht verfolgt? Doch in demselben Augenblick verschwanden diese Gedanken.

Das Wiedersehen mit Michaela sah Marina nun ihr Leben im Licht einer neuen Sonne, die nur für sie zu leuchten schien. Die Fahrt durch die holländische Ebene war ganz anders als sie in den Büchern gesehen hatte. Jedes Buch von westlichen Autoren, das es in Rumänien zu kaufen gab, war immer mit irgendwelchen Abscheulichkeiten versehen, die die Dekadenz der westlichen Welt in Schreckensbilder darstellte.

Zuhause angekommen staunte Marina, welch schöne Wohnung ihre Tochter hatte: Helle Räume, ein großzügiger Balkon, moderne Möbel – dieser Wohlstand übertraf ihre Erwartungen. Das Gefälle zwischen Ost und West erschien ihr unüberwindbar. Erst jetzt wurde ihr klar, wie arm und rückständig das rumänische Volk lebte. Sie wirkte etwas müde, aber es war eine Müdigkeit, die in Seligkeit eingebettet war. Nach einem wohltuenden Bad ging Marina in das Gästezimmer. Doch bevor sie einschlief setzte sich Michaela zu ihr auf die Bettkante, nahm die Hand ihrer Mutter und ohne viel Herumzureden, sagte sie ihr mit einer sanften, jedoch bestimmten Stimme: „Ich lasse dich nicht mehr nach Rumänien zurück fahren. Außer dem Grab meines Vaters hast du sonst nichts. Ich werde dafür sorgen, dass es dir hier besser geht. Und nun schlaf gut, Mama!"

Marina blieb tatsächlich in Holland, sie lernte die Sprache, sie bekam auch Arbeit – jedoch der Wunsch, noch einmal die Heimat zu sehen, ließ sie nicht ganz los. Erst mit der Wende im Jahre 1990, als betagte Frau, in Begleitung ihrer Tochter und ihres Schwiegersohns, erfüllte sie sich ihren Wunsch, ein letztes Mal Klausenburg zu besuchen.

Der erste Weg führte zum Friedhof. Doch das Grab ihres Mannes existierte nicht mehr. An der Stelle, wo das Grab einmal lag, blieben alle drei schweigend stehen. Marina dachte an all das, was ihr das gestürzte Regime weggenommen hatte. Sie dachte auch an die grausame Zeit ihrer Untersuchungshaft, sowie an die ihres Mannes, an ihre Verwandten. Alles lief wie ein Film durch ihren Geist. Jeder hatte seine Gedanken, jedoch keiner sagte ein Wort. Marina sehnte sich nach Trost, den sie von ihrem verstorbenen Mann zu bekommen erhoffte. Wenn sie nur mit ihm darüber reden könnte wäre ihr leichter gewesen. Aber wie sollte man in passend ausgewählten Worten den Schmerz eines aufgewühlten Herzens ausdrücken? Durch den Friedhof ging ein milder Wind, der seit einem guten Jahr das ganze Land erreichte, und auf dessen Flügeln so etwas wie menschliche Würde eintraf, die vorsichtig eine Siegesstimmung über Rumänien verbreitete. Für Marina jedoch kam alles zu spät: Klausenburg wurde nur noch zur Erinnerung für sie. Der Besuch in ihrer alten Heimat war schmerzhaft und tröstend zugleich. Aber dort zu wohnen war für sie unvorstellbar. Der Ostwind trug sie in die neue, liebgewonnene Heimat zurück, wo sie im Alter von 88 Jahren verstarb, in der Trost spendenden Hoffnung, ihre Seele würde sich in der himmlischen Welt doch mit der Seele ihres Mannes vereinen.

Diese Geschichte, die die Autorin erzählt, ist keine Erfindung ihrer Phantasie, vielmehr ist es die traurige Wirklichkeit, die ihr wenig Möglichkeiten gab, die Handlung mit optimistischen Aspekten zu schmücken. Sie kann den Ausgang nicht nach ihrem Willen entscheiden, es endet so, wie das Leben entschieden hatte und nicht wie in einem Roman, dessen Gestalten und Handlungen vom Autor nach seinem Gutdünken favorisiert werden können. Einzig die Namen der Protagonisten und die Orte des Geschehens wurden von der Autorin geändert.

Mit geschlossenen Augen sehe ich das ganze Universum, mit offenen Augen blicke ich nur bis zum Horizont.

Die Autorin

Petruta Ritter, in Rumänien geboren, besuchte in ihrer Heimatstadt Jorasti die Hauptschule. Nach weiteren vier Jahren Lyceum absolvierte sie drei Jahre lang eine Ausbildung zur ärztlichen Assistentin. Durch ihre Heirat kam sie im Jahr 1976 nach Österreich. Das Schreiben faszinierte sie immer schon und bereits in frühester Jugend schrieb sie – ursprünglich in Rumänisch, später auch in Deutsch – ihre Eindrücke nieder.

Literarischer Werdegang:
Teilnahme an „Lyrik und Prosa unserer Zeit",
Anthologie Band 15, Karin Fischer Verlag
Teilnahme an „Winter-Märchen-haft", Winterantho-logie", Novum Verlag

Bisher veröffentlichte Bücher:

Gedichtband „Licht und Schatten", Premieren-Verlag
„Jasminblüte", Wagner Verlag
„Im Schatten des Glücks", Premieren-Verlag
„Salzkammergutzauber", Premieren-Verlag
„Die erträumte Freiheit" Persimplex Verlag
„Tränendes Herz", Premieren-Verlag

Mehr Information auf www.petrutaritter.at